AF690716

Total irre

Mit herzlichem Dank an Adelina,
die mir gezeigt hat,
dass die Welt der Gehörlosen voller Töne ist

Jutta Nymphius

TOTAL IRRE

TULIPAN VERLAG

JUNGE WILDE

Frischlinge bilden nach ihrer Geburt sofort einen richtigen Schweinehaufen. Zwei bis drei Wochen bleiben sie aneinander gekuschelt in einer Bodenmulde im Wald liegen, wo man sie wegen ihrer Fellzeichnung kaum erkennen kann. Denn die Welt ist hungrig, und nichts wäre gefährlicher, als Aufmerksamkeit zu erregen.

Fasziniert starre ich auf diese Worte, so klein und unauffällig und doch mit der Wirkung eines Martinshorns, das direkt hinter dir eingeschaltet wird. Ja, die Welt ist hungrig, genau so ist es, genau so fühle ich mich in letzter Zeit! Wie ein hilfloses Opfer, ausgesetzt in einer Wildnis voller Gefahren, umkreist von zähnefletschenden Raubtieren, meist in Gestalt von Lehrern und Mädchen.

Gebannt richte ich mich auf, um den ganzen Artikel der Zeitschrift *Fun und Facts*, die ich mir regelmäßig von Mamas Nachttisch mopse, zu lesen. Er trägt die Überschrift: *Junge Wilde – Was wir von der Tierwelt übers Erwachsenwerden lernen können.* Und dann kommt es: *Allgemeine Regeln sind in der Naturwissenschaft gefährlich, aber keine ist sicherer als die, dass es einem Tier selten nützlich ist, aufzufallen. Und die einfachste Art, unauffällig zu sein und nicht bemerkt zu werden, ist die Entwicklung von Farbtönen und Muster der natürlichen Umgebung.*

Genau in diesem Moment dringen aus der Küche unheilvolle Geräusche. Ein Surren, ein Dröhnen, ein Quietschen. Dann, plötzlich, ein Poltern, gefolgt von Flüchen und Schreien.

»Au, verdammt!«

»Warte, noch nicht!«

»Hilfe!«

Stöhnend lasse ich mich wieder in die Kissen fallen. Die Geräusche aus der Küche nehmen zu. Inzwischen klingt es, als hätte eine hyperaktive Abrissbirne ihre Arbeit aufgenommen. Unwillkürlich strecke ich eine Hand aus, um zu prüfen, ob schon Putz von der Decke rieselt. Nein, das zwar noch nicht, aber ansonsten muss ich auf alles gefasst sein, das ist mir klar. Bestimmt hat sich Mama wieder etwas ganz Besonderes einfallen lassen, um Papa »den Alltag zu erleichtern«. Die komplette Wohnung ist voll von diesen genialen Einfällen, die leider allesamt einen klitzekleinen Nachteil haben: Sie funktionieren nicht.

Unter mir knistert es. Aus Versehen habe ich mich auf den Brief gelegt, den ich Mama und Papa eigentlich heute in einem besonders günstigen Moment geben möchte. Da lässt ein plötzliches Krachen aus der Küche die Seiten meiner Zeitschrift erzittern. Jetzt jedenfalls ist kein sehr günstiger Moment, soviel steht fest.

Zusätzlich sind Tiere sicherer, wenn sie sich in einer Gruppe aufhalten, denn schließlich kann der Beutegreifer nicht alle gleichzeitig fressen. Die Schutzwirkung für die Individuen in dieser Gruppe ist enorm groß – insbesondere für die jüngeren Mitglieder.

In der Küche wird jetzt so laut gebohrt, dass mir die Vibration sogar hier auf meinem Bett noch in den Ohren kitzelt.

Schwarz auf weiß steht es da: Wenn man nicht gefressen werden will, muss man unauffällig bleiben und sich anpassen. Und die Gruppe, in der man lebt, bietet den besten Schutz.

Und was ist, wenn diese Gruppe selbst so unauffällig ist wie eine Orchidee in einem Schweinetrog?

»Karliiiiii«, schreit jemand. »Karliiiiii, komm mal her!«

Jetzt kann ich die Küchen-Apokalypse nicht mehr ignorieren. Seufzend schwinge ich meine Beine aus dem Bett und stehe auf. Kurz zögere ich, aber dann greife ich mir doch noch den Brief und gehe in den Flur.

Der ist merkwürdig dunkel. Ach so, Mama steht im Türrahmen und füllt ihn mit ihrer massigen Gestalt fast komplett aus. Nur ein einziger, winziger Lichtstrahl quetscht sich schüchtern vorbei. »Ohne meine Haferkekse kann ich nicht nachdenken«, behauptet Mama immer, »und außerdem ist Hafer gesund.« Ob die mit dicker Schokolade überzogene Keksseite auch so gesund ist, wollte ich sie schon immer mal fragen. Außerdem denkt Mama für meinen Geschmack entschieden zu viel nach. Andere Mütter machen Yoga.

Als sie jetzt meine Schritte hört, dreht sie sich um und geht ein Stück zur Seite. »Guck mal, ich habe etwas Neues konstruiert«, verkündet sie strahlend.

Auweia. Zögernd betrete ich die Küche. Dort sitzt Papa, mit ausgestrecktem Arm hält er eine Fernbedienung. Hoffentlich verwechselt er die nicht mit seinem Smartphone, mit dem er angeblich den kompletten Haushalt vollautomatisch steuern kann, schießt es mir kurz durch den Kopf. Als Papa mich jetzt anschaut, sehe ich in seinem Gesicht das gleiche glückliche Strahlen wie bei Mama. Eines der größten Rätsel der Menschheit ist nicht, wie die Skulpturen auf die Osterinsel kamen oder wer denn nun wirklich Jack the Ripper war, sondern, woher meine Eltern immer diese unerschütterliche Zuversicht nehmen. Vor allem, wenn es um Mamas Erfindungen geht.

»Kann ich?«, fragt Papa mit einer Stimme, als würde er gleich zur Weihnachtsbescherung rufen.

Da klingelt es an der Wohnungstür. »Ich mach schon auf«, rufe ich eifrig, drehe mich rasant auf dem Absatz um und spurte aus der Küche, froh, dem Unheil noch einmal entronnen zu sein, und sei es auch nur für wenige Minuten.

»Hallöchen«, erklingt es überaus gut gelaunt, kaum dass ich die Wohnungstür geöffnet habe.

»Hallöchen, Holger«, gebe ich weniger gut gelaunt zurück. Ich weiß natürlich genau, dass mein Patenonkel Holger seinen Vornamen nicht ausstehen kann. Überhaupt kann er einiges an sich nicht ausstehen, was genau, weiß er bisher aber selbst nicht. »Ich probiere mich noch aus«, erklärt er immer. Leider probiert er sich sehr häufig bei uns zu Hause aus, obwohl er doch angeblich nur kommt, um Papa »zur Seite zu stehen«. Aber meist hat er dann mindestens ein neues Kleidungsstück an, das wir bestaunen sollen: ein Glitzerjäckchen, einen Samtrock, Lackschuhe, so etwas. Auch wünscht er sich immer mal wieder einen anderen Namen, mit dem wir ihn anreden sollen.

»Nenne mich doch Maria«, stellt Onkel Holger auch jetzt hastig klar, als er noch im Flur seine Jacke von sich wirft und sich stolz in einer silbernen Bluse mit Puffärmeln präsentiert. »Wie findest du mich?«

»Kann ich jetzt endlich anfangen?«, ruft Papa ungeduldig herüber.

Onkel Holger ist vielleicht seltsam, aber nicht blöd. Sofort erstarrt er und guckt mich entsetzt an. »Oh Gott, hat sie wieder etwas gebaut?«, fragt er flüsternd. Und als ich düster nicke, streicht er mir tröstend über die Wange, nimmt dann gefasst Haltung an und marschiert los in Richtung Küche. »Na, dann wollen wir mal!«

Mama guckt Onkel Holger fragend an. »Hallo …?«

»Maria«, erwidert er lächelnd.

»Hallo, Maria«, wiederholt Mama. Dann breitet sie schwungvoll ihre mächtigen Arme aus. Da sie aber in einer Hand noch die Bohrmaschine hält, muss Papa in seinem Rollstuhl schnell den Kopf einziehen, um nicht ausgeknockt zu werden. »Ihr werdet jetzt Zeuge einer einzigartigen Erfindung.

Dieser Küchenschrank wird sich auf Knopfdruck nicht nur absenken, sondern auch noch öffnen. Und dann …«, an dieser Stelle hebt Mama den Zeigefinger, »… werden sich zusätzlich die Schienen mit den Regalböden ausfahren, damit Sascha«, bei diesen Worten tätschelt sie Papa liebevoll die Wange, »die Teller ganz leicht herausholen kann.«

Beifall heischend dreht sie sich zu mir und Onkel Holger herum. Der lächelt tapfer und hebt ein wenig kraftlos den Daumen, während ich es einfach nicht schaffe, meinem Blick Optimismus zu verleihen. »Und was war das die ganze Zeit für ein Lärm?«, frage ich vorsichtig nach.

»Ein kleiner Fehlversuch«, erwidert Mama und wischt mit der Bohrmaschine eventuelle Bedenken beiseite, wobei Papa, jetzt schon geübt, sehr geschickt ausweicht. »Das gehört doch dazu!«

Erfolge aber auch, will ich gerade einwenden, aber da verkündet Papa schon: »Es geht los!«

Eine Familie muss nun mal zusammenhalten, auch in schwierigen Zeiten. Also fügen Onkel Holger und ich uns und starren gemeinsam mit Mama und Papa auf den Küchenschrank. Das gleiche Surren wie vorhin ertönt, dann ein leises Klicken. Jetzt beginnt der Schrank tatsächlich seine Reise nach unten. Auf Papas Brusthöhe macht er halt. Wie von Geisterhand öffnen sich die Türen geschmeidig und geben den Blick auf einige Stapel Teller frei – die guten von Oma Uschi, die wir eigentlich nur zu Weihnachten nehmen. Onkel Holger neben mir zuckt zusammen, er liebt diese Teller wegen ihres Goldrandes ganz besonders. Jetzt rumpelt es, der Schrank erzittert und entlockt den Tellern ein leises Klirren. Nun fehlt nur noch der Clou: die herausfahrbaren Schienen, die die Regalböden tragen. Ich kann nicht anders, ich halte den Atem an, greife die Hand meines Onkels und drücke sie aufgeregt. Der Clou ist immer das Gefährlichste an Mamas Konstruktionen.

Nichts tut sich. Papa drückt hektisch auf der Fernbedienung herum und dann wird das Wunder doch noch wahr: Zart summend beginnen die silbernen Metallschienen nach vorn auszufahren und mit ihnen die Böden samt Tellern! Jubelnd streckt Papa seine Arme aus, um das Geschirr so triumphal zu empfangen wie das Volk Jesus bei seinem Einzug in Jerusalem.

Doch kaum haben sich die Schienen zu voller Länge ausgefahren, beginnen sie seltsam zu zittern, erst leicht, dann immer stärker. Vielleicht hätte Mama doch nicht das komplette Geschirr von Oma Uschi daraufladen sollen. Ein kurzes, drohendes Knirschen, dann stürzt alles mit lautem Gedonner in die Tiefe. Aus dem riesigen Scherbenhaufen am Boden blinkt hier und da ein funkelndes Stückchen Goldrand auf.

Niemand sagt etwas. Papa lässt enttäuscht die Arme sinken, Onkel Holger zupft betreten an seiner Silberbluse herum und Mama fischt aus den Untiefen ihrer Sweathose einen Haferkeks, den sie nachdenklich zu kauen beginnt.

Da bemerke ich, dass ich immer noch den Brief in meiner Hand halte. Entschlossen zerdrücke ich ihn so fest wie einen

Schneeball für die Schlacht, gehe mit schnellen Schritten zum Mülleimer und schleudere ihn hinein. Diese Einladung werde ich Mama und Papa ganz bestimmt nicht geben, dieses Klassenfest muss eben ohne meine Eltern stattfinden. Es gibt ja noch genügend andere, die von Robin zum Beispiel. Wunderbar unauffällig, undick und unbehindert.

Wenn ich die »Farbtöne und Muster« meiner Umgebung annähme, endete ich wohl als übergewichtiger Rollstuhlfahrer im Glitzerfummel. Vielleicht muss sich ja manchmal die Gruppe ändern, damit man als junger Wilder überlebt.

DER TRAUM VOM FLIEGEN UND RENNEN

Mit Hilfe eines genialen Tricks können Wickelbären rückwärts genauso schnell laufen wie vorwärts: Sie sind in der Lage, ihre Füße zu drehen.

»Alles in Ordnung, Papa?« Ich bleibe in der Küchentür stehen und reiße ungläubig meine Augen auf, obwohl es noch früher Morgen ist und sich meine Ober- und Unterlider um diese Zeit normalerweise nur sehr ungern voneinander trennen. Aber das hier ist wirklich zu komisch: Statt mir wie sonst meinen Kakao zu machen, steht Papa mitten in der Küche und fuchtelt so wild mit den Armen herum, dass sein Rollstuhl dabei heftig vor- und zurückruckelt. »Ist da irgendwo eine Wespe, oder was ist los?«

Papa platziert noch ein paar letzte Schwinger und wendet sich mir dann atemlos zu. »Nein«, erklärt er keuchend, »ich trainiere.« Er versucht demonstrativ, einen Bizeps anzuspannen, allerdings mit eher überschaubarem Erfolg.

»Du trainierst?« Ich muss mich erst einmal setzen. Papa ist nicht gerade der geborene Athlet, wie auch? Seit einer Erkrankung in früher Kindheit haben seine Beine den Dienst aufgegeben, womit für die Zukunft schon mal ziemlich viele

Sportarten ausschieden. Er hat sich dann immer mehr aufs Lesen und später auch aufs Kochen verlegt und vor allem gegen Letzteres haben Mama und ich überhaupt nichts einzuwenden. Aber Sport? Unverhohlen betrachte ich seinen schmächtigen Oberkörper mit den dünnen Armen.

»Yep!« Erwartungsvoll sieht Papa mich an. Er möchte es also gern spannend machen.

»Und für was trainierst du?«, frage ich folgsam.

Papa legt ziemlich viel Drama in seine Stimme, als er antwortet: »Ich werde an einem Rennen teilnehmen!«

»Äh – du kannst nicht laufen?«, wende ich vorsichtig ein.

»Was du nicht sagst, vielen Dank für den Hinweis.« Papa kichert aufgeregt. »Damit meine ich natürlich ein Rollstuhlrennen.«

»Ach.« Mehr fällt mir dazu erst einmal nicht ein. Ich beginne, an Ferdi herumzuknibbeln, wie immer, wenn ich ratlos bin. Ferdi ist mein Barthaar. Man kann es noch nicht richtig sehen, aber wenn ich über mein Kinn streiche, fühle ich es seit geraumer Zeit schon ganz genau; hart und borstig leistet es meiner leider immer noch kindlich zarten Haut erbitterten Widerstand. Ferdi bedeutet »der Einzigartige«, das habe ich gegoogelt. »Der Einzige« würde es allerdings besser treffen.

»Yep«, sagt Papa wieder. »Huch, dein Kakao kocht über!« Geschickt schwenkt er seinen Rollstuhl herum und rast zum Herd, wie um mir zu zeigen, dass er für ein Rennen mehr als geeignet ist.

Ich frage trotzdem nach. »Meinst du denn, du und dein Rollstuhl sind schnell genug für so etwas?«

»Nein, natürlich nicht, Karli.« Papa dreht sich zu mir um und strahlt mich glücklich an.

Da ist sie wieder, diese gefürchtete Zuversicht in seinem Gesicht. »Mama baut dir einen neuen«, stelle ich resigniert fest.

»Ye… ja.« Papa nickt. »Einen richtigen Rennrollstuhl, so einen auf drei Rädern. Sie tüftelt schon daran.«

Leise Verzweiflung steigt in mir auf. Ein weiterer Rollstuhl in unserem Haus! Mein Blick wandert zu Klette, der friedlich in der Ecke steht. Noch. In einem Anflug von abgrundtiefer Boshaftigkeit forme ich mit den Händen ein Herz und halte es Klette kurz hin. Der fängt sofort eifrig an zu blinken und zu surren, muss aber enttäuscht wieder aufgeben, als ich meine Hände sinken lasse.

Klette ist Mamas Erfindung für Notfälle, ein Rollstuhl, der Papa überallhin folgen und als Ersatz zur Verfügung stehen soll, falls seiner mal kaputtgeht. So ganz verstehe ich Sinn und Nutzen dieses Doppelgängers nicht, schließlich befindet sich Papa nicht auf einem Dauer-Solo-Trip in der Wüste Gobi. Aber Mama ließ es sich nicht ausreden und Papa war wie immer gerührt und dankbar für ihre Liebe und Fürsorge.

Damit Klette auch wirklich an Papa klebt wie ebenjene, hat Mama den Rollstuhl mit einer Kamera ausgestattet, die ein bestimmtes Symbol erkennt. Das muss sich Papa morgens an den Pulli heften und schon ist Klette nicht mehr abzuschütteln.

Leider liegt genau in dieser genialen Idee auch die Schwäche der Erfindung. Zunächst hat Mama es mit einem Kreis versucht, aber die vielen Kreise, die Klette überall entdeckte, brachten ihn ganz aus dem Konzept und ließen ihn den ganzen Tag hin- und herfahren; nur Papa beachtete er nicht mehr. Als schließlich Onkel Holger in Tupfenbluse von Klette angefallen wurde, hatte Mama ein Einsehen und änderte die Einstellung von Kreis auf Herz. Seitdem ist es besser. Und ich kann Klette besser ärgern.

Nun wird also noch ein Rollstuhl bei uns einziehen, einer fürs Rennen. »Aber zum schnellen Fahren bringt man ihn doch nur mit Hilfe seiner Armkraft, oder?«, frage ich und gebe mir nicht die geringste Mühe, den Zweifel in meiner Stimme zu unterdrücken.

»Ja genau, Karli«, antwortet Papa der Dunstabzugshaube, denn er hat sich schon wieder zum Herd begeben und rührt in meinem Kakao. »Deswegen will ich ja trainieren. Außerdem ist es für einen wohltätigen Zweck. Der Erlös geht an Menschen, denen es nicht so gut geht wie uns.«

»Aber so eine Stadionrunde ist ganz schön lang, Papa, das sind 400 Meter. Die muss man erst mal schaffen!«

»Wer hat was von einer Stadionrunde gesagt, junger Mann?«

Aha, es geht also höchstens um einen kurzen Sprint. Gerade will ich erleichtert aufatmen, als Papa noch hinzufügt:

»Es sind fast vier, wenn ich mich nicht irre. 1.500 Meter insgesamt.«

Fassungslos starre ich Papas Rücken an. »Was? Bist du wahnsinnig? 1.500 Meter schaffe ja gerade mal ich und ich kann …«

Ich komme nicht dazu, den Satz zu vollenden, denn plötzlich schmeißt Papa den Schneebesen so heftig in den Kakao, dass einige Tropfen fluchtartig ihren Platz räumen und sich zischelnd auf der heißen Platte niederlassen. Mit einem Ruck dreht er sich um und rollt in bedenklicher Höchstgeschwindigkeit auf mich zu. Er kommt erst zum Stehen, als er schon unsanft mit seinen Fußstützen meine Schienbeine rammt.

»Aua!«, beschwere ich mich.

Aber mein Schmerz interessiert Papa nicht. Wütend funkelt er mich aus nächster Nähe an. »Und du kannst was? Laufen? Danke für die Info. Willst du mir das Rennen ausreden? Was genau ist eigentlich dein Problem? Glaubst du, mir reicht es, Tag für Tag immer nur am Herd zu stehen?«

»Zu sitzen«, korrigiere ich ihn sanft. »Du sitzt am Herd.« Meine Bemerkung ist nicht gerade nett, ich weiß. Keine Ahnung, welcher Teufel mich gerade reitet. Wahrscheinlich der oberste Höllenfürst höchstpersönlich.

Einen Moment starren wir uns an. Wie soll ich ihm mein Problem bloß klarmachen? Das Ganze wird doch in einer absoluten Katastrophe enden und zwar in einer doppelten. Schon nach spätestens einer Runde werden Papas Arme versauern und seine Beine nicht mehr zu gebrauchen sein. Und selbst, wenn er ein paar Runden mehr schaffen sollte, wird Mamas Rennrollstuhl weit vor dem Ziel unter ihm zusammenbrechen und für eine Blamage bis aufs Unterhemd sorgen, mindestens. Und das vor Publikum!

»Du traust es mir nicht zu«, gibt sich Papa in diesem Moment leise selbst die Antwort, wendet sich von mir ab und rollt zurück an den Herd. »Du glaubst, das schaffe ich nicht«, nimmt er das Gespräch mit der Dunstabzugshaube wieder auf.

»Ach Mensch, darum geht es doch gar nicht. Aber manche Dinge funktionieren eben einfach nicht, weil ...«, ich überlege einen Moment, »... sie eben nicht funktionieren.« Das ist nicht gerade ein durchschlagendes Argument, wie ich selbst merke. Aber dann habe ich eine Idee. »Papa, als ich noch klein war, gab es da irgendetwas, das ich unbedingt wollte? So sehr, dass alles andere egal war, meine ich?« Gespannt warte ich ab. Papa liebt es, an meine Kindheit und unsere gemeinsamen Erlebnisse erinnert zu werden, die verwahrt er tief und sicher in sich und kein noch so winziges Detail davon geht verloren. Wie in einem dicken Fotoalbum kann er darin blättern und das heitert ihn immer auf.

Es klappt, sofort erhellt sich sein Gesicht. »Ja, da gab es etwas«, erklärt er eifrig und kommt wieder zu mir. Wenn er so weitermacht mit dem Hin- und Herfahren, wird es doch noch was mit den Bizepsen. »Du wolltest unbedingt fliegen können! Schon mit vierdreiviertel war dir das nicht mehr auszureden, jedes Zeitungsfoto mit irgendwelchen Flugobjekten, ganz egal, was, Vögel, Flugzeuge, Ballons, musste ich ausschneiden und in einer großen Kiste sammeln. Im Kindergarten dann hast du versucht, alles irgendwie nachzubauen. Damit in der Hand bist du auf jede Rampe, auf jeden Turm oder Kissenberg rauf, um runterzuspringen und zu prüfen, ob es dich in der Luft halten kann.« Jetzt lacht Papa laut auf. »Deine Erzieherinnen hast du allesamt zur Verzweiflung gebracht, nichts war vor dir sicher und ständig bist du irgendwo abgestürzt.«

»Abgestürzt« ist jetzt genau das Stichwort, das ich brauche. »Siehst du«, hake ich ein, »es ging eben nicht, auch wenn ich es noch so wollte. Du musstest mich davon abbringen und es mir ausreden.« Eindeutig ein Punkt für mich. Nur mit Mühe kann ich mich davon abhalten, mir zufrieden die Hände zu reiben.

Doch Papa lässt das nicht gelten. »Aber nein, Karli«, wendet er überrascht ein, »natürlich habe ich dir das nicht ausgeredet.«

»Äh, nicht? Was hast du dann gemacht?«

»Ich habe mit dir gemeinsam an deinem Traum gearbeitet! Stundenlang haben wir zusammengesessen und Skizzen und Entwürfe von allen möglichen Flugapparaten gemacht, wir sind in den Wald gegangen und haben Vogelfedern gesucht, die wir genau studiert haben, wir sind zum Flughafen gefahren …« Jetzt gerät Papa regelrecht ins Schwärmen.

»Du hast mich also belogen«, unterbreche ich ihn nüchtern.

»Was? Aber nein!«

»Doch! Du hast mich in dem Glauben gelassen, dass ich es irgendwann schaffen würde zu fliegen. Aber das kann niemand, das ist nun mal eine Tatsache! Also hast du mir etwas vorgemacht.«

»Nein, habe ich nicht.« Papa schaut mich mit dem Blick eines Schweins kurz vor dem Schlachten an. »Ich habe dir nichts vorgemacht, Karli. Ich habe einfach nur an dich geglaubt.«

ICH ALS COLLAGE

Bei den Eisbären kann die eigene Familie für den Nachwuchs zur tödlichen Gefahr werden. Bei einer Drehung der bis zu 300 Kilo schweren Mama wird das Jungtier nicht selten erdrückt. Fühlt sich die Mutter in ihrer Wurfhöhle gestört oder unsicher, frisst sie es manchmal sogar auf. Aber auch für Eisbären-Männer gehören Jungtiere zum Beuteschema.

»Warum sind eigentlich alle um mich herum total irre?«

»Was meinst du?«, ertönt es dumpf aus der Ecke, in der sich Robin an irgendetwas zu schaffen macht.

»Na ja«, ich beuge mich auf meinem Stuhl vor, »können sie nicht weniger komisch sein und mehr so … so wie alle anderen?« Flehend starre ich Robin an, in der irrigen Hoffnung, er hätte die Lösung für mein Problem. Dabei weiß ich gar nicht so genau, wann meine Familie überhaupt zum Problem wurde. Als ich klein war, habe ich mich nie so gefühlt, ich war sogar der festen Überzeugung, dass ich die beste Familie der ganzen Welt hätte! Aber irgendwann änderte sich das und eine langsame, fast magische Verwandlung begann. Plötzlich sah ich Mama, Papa und Onkel

Holger nicht mehr mit meinen Augen, sondern mit denen der anderen: Und da präsentierte sich mir ein ziemlich skurriles Trio, das vielleicht hervorragend in eine Comedyshow gepasst hätte, ganz sicher aber nicht auf einen Elternabend oder ein Klassenfest. Wenn wir zusammen unterwegs sind, habe ich mittlerweile das Gefühl, die ganze Zeit von einem Scheinwerfer mit der Stärke eines Flutlichts angestrahlt zu werden. Alle Leute starren uns an, als seien wir total schräge Tiere, Nacktmulche oder Fetzenfische oder so etwas.

»Warum sind sie nicht einfach normal, so wie du und ich?«, frage ich beharrlich weiter.

»Du gibst deinem Barthaar Namen«, kommentiert Robin trocken, während er eine Art große Staffelei aufbaut.

»Ja, und?« Schnell nehme ich meine Hand vom Kinn. Was hat denn bitte schön Ferdi damit zu tun? »Das heißt doch nichts. Aber gut, dann eben so normal wie du.«

In diesem Moment klopft es an der Tür. Robins Mutter kommt herein, in der Hand einen Teller mit geschnittenem Obst. »Hallo, Karli«, begrüßt sie mich und wendet sich dann an ihren Sohn. »Hat alles geklappt, mein Großer?«, fragt sie, während sie den Teller auf den Tisch stellt.

»Ja natürlich, Mama«, antwortet Robin über die Schulter. »Wir haben gegessen und Nele hat auch schon ihre Hausaufgaben gemacht.«

Da Robins Mutter erst am Nachmittag von der Arbeit nach Hause kommt, holt Robin jeden Tag seine kleine Schwester von der Schule ab und kümmert sich zu Hause um sie.

»Sehr schön«, erwidert Robins Mutter und streicht sich ihren engen Bürorock glatt. »Geht es gut voran mit eurer Präsentation für den Ethik-Unterricht?«, fragt sie und kneift Robin neckisch in die Wange. »Denkt daran, dass ihr schon in neun Tagen abgeben müsst.«

»Ja natürlich, Mama«, erwidert Robin wieder.

Robins Mutter nickt zufrieden, verlässt das Zimmer und zieht die Tür leise hinter sich zu, um uns nicht weiter bei der Arbeit zu stören.

Ich sitze einfach nur mit weit aufgerissenen Augen da und sauge alles tief in mich ein. Ja, so muss es sein, genau so geht das normale Leben: Die schick gekleidete Mutter bringt gesunde Apfelschnitze, weiß bestens über die Termine und Aufgaben ihres Sohnes Bescheid, der wiederum alles wie mit links erledigt. Kein Übermaß an Knabbergebäck, kein Rollstuhl mit starkem Eigenleben, kein zertrümmertes Oma Uschi-Geschirr.

Kein Wunder, dass Robin, mein bester Freund seit ich Windeln füllen kann, diese vollkommene Ruhe und Stärke ausstrahlt. In diesem Zuhause muss er sich doch aufgehoben fühlen wie in einem Kingsize-Bett mit mindestens zehn Daunendecken! Und genau das macht ihn wohl zu dem besten und zuverlässigsten Freund, den man sich nur wünschen kann: Schon im Kindergarten hatte Robin immer alles dabei, was ich vergessen hatte, im Gegensatz zu mir verlor er nie seine Brotdose, ließ nie die von uns gesammelten Schnecken in ihrem Karton verhungern.

Wahrscheinlich war er es auch, der mich bei meinen Flugversuchen immer aufgefangen und gerettet hat.

Mittlerweile ist Robin mit Aufbauen fertig. Zu meinen aufgerissenen Augen gesellt sich nun auch noch ein heruntergeklappter Unterkiefer, denn mein bester Freund steht vor einem großen, sehr professionell aussehenden Whiteboard.

»Seit wann hast du das denn?«

»Das hab ich mir zu Weihnachten gewünscht«, sagt Robin leichthin. »Damit kann man einfach besser planen, weißt du.«

»Äh, ja natürlich. Dann planen wir mal«, sage ich nicht sehr schlau.

Schwungvoll schreibt Robin mit rotem Stift das Thema unserer Präsentation groß und gut lesbar ans Whiteboard: *Wer bin ich?*

Ich starre hilflos die Überschrift an. Wenn ich die Antwort auf diese Frage wüsste, wäre ich in meinem Leben einen guten Schritt weiter.

»Wir sollen bei unserer Präsentation ja sowohl die Innen- als auch die Außenwahrnehmung berücksichtigen«, beginnt Robin zu referieren.

»Hä?«

»Na, wir sollen den Fragen nachgehen: *Wie sehe ich mich selbst?* und *Wie sehen mich die anderen?*«, erklärt mir Robin geduldig.

Vor allem der letzten Frage möchte ich garantiert nicht nachgehen.

»Wir könnten mit einer Ich-Zeitreise beginnen«, schlägt Robin vor. »Wie wäre es mit einer Collage, die wir dann auf einem Foto festhalten?«

Ich weiß nicht, wie viele Collagen ich schon in meiner Schullaufbahn gebastelt habe; »Collage« ist mein zweiter Vorname. Aber nun gut, Robin wird schon wissen, wie wir unsere Präsentation zu einem Erfolg führen können.

In schnellen Schritten geht er zu seinem Schreibtisch und holt eine seltsame Ansammlung verschiedenster Dinge heraus: Fotos, Zeitschriftenbilder, Federn, Haare, selbst gemalte Bilder und so etwas. Links oben schreibt er *Karli*, rechts oben *Lina* und unten *Robin* ans Whiteboard.

Dass einen der bloße Anblick von vier Buchstaben in einen Zustand versetzen kann, der dem Eintauchen in eine heiße Badewanne an einem eiskalten Wintertag am nächsten kommt: L-I-N-A! Sie ist eine Klassenkameradin von uns, aber das ist auch schon das Einzige, was sie mit den anderen Mädchen gemeinsam hat, denn sie ist EINZIGARTIG. Allein, wie sie sich durch den Klassenraum bewegt und einen anlächelt … Ich weiß auch nicht genau, was es ist, aber seit einiger Zeit knibble ich immer besonders heftig an Ferdi herum, wenn sie auftaucht. Und seit acht Tagen bin ich überzeugt, dass es doch einen Gott im Himmel gibt, auch wenn ich es dem Pfarrer bisher nie glauben wollte, denn: Lina wurde unserer Präsentationsgruppe zugeteilt!

Ich steige aus meiner gefühlten Badewanne und betrachte die Ich-Zeitreise-Collage, mit der Robin bereits begonnen hat und die aus verschiedenen, an das Whiteboard gepinnten Bildern und anderen Dingen besteht. Aber was ist das? Nicht nur unter seinem Namen, sondern auch unter Linas prangen Fotografien, außerdem noch Haarspangen, kleine Kettchen und Klebetattoos.

»Woher hast du das, Robin?«, flüstere ich heiser. »War Lina etwa hier?«

»Ja, war sie«, antwortet Robin gleichgültig.

Verblüfft stoße ich so viel Luft aus, dass man damit mühelos einen ganzen Fesselballon füllen könnte. Wie kann ihm das nur so egal sein? Lina war hier, hat hier gesessen, vielleicht auf meinem Stuhl, ihre göttlichen Füße haben diesen Boden berührt! »Wie … wars denn?«, frage ich gequält nach.

»Na, schön.« Robin hat sich schon wieder zum Whiteboard gewandt und schiebt prüfend einige Bildchen hin und her.

»Sie fand es schön hier, mit dir?«

»Keine Ahnung, Karli, ich glaube schon. Es war ein produktiver Nachmittag!« Robin guckt mich streng an und stemmt die Arme in die Seiten. »Ich weiß ja, dass du sie magst, aber keine Sorge, sie war nur zum Arbeiten hier. Und zu dir kommt sie bestimmt auch noch, das hat sie sogar gesagt! Vielleicht können wir uns jetzt auf unsere Präsentation konzentrieren?«

»Ja, gleich.« Hastig lasse ich meine Augen durchs Zimmer schweifen. Also hier fand Lina es schön, hier hat es ihr gefallen. Und zu mir kommt sie auch. Allerdings ist das eher entmutigend. Denn das, was ich sehe, hat leider so gar nichts mit meinem Zimmer zu tun, in dem sich alte Spielsachen, schmutzige Unterwäsche und Massen von Büchern und Zeitschriften einen erbitterten Kampf um die Vorherrschaft liefern. Aber das muss ja nicht so bleiben! Ich gucke mir Robins Zimmer noch mal genau an. Aufgeräumt und ordentlich ist es und außerdem hübsch dekoriert, das muss man ihm lassen. Da hinten ist sogar eine Vase mit frischen Blumen! Na klar, auf so etwas stehen Mädchen, das werde ich mir merken.

»Fällt dir schon was zu deiner Ich-Zeitreise ein oder hast du zufällig irgendwas Passendes dabei?«, unterbricht Robin meine Gedanken und klackert auffordernd mit den Magneten am Whiteboard herum. Als ich leicht beschämt den Kopf schüttle, geht er seufzend mit schnellen Schritten zu seiner Schultasche und holt ein Bündel Themenkarten hervor, die ihm unser Lehrer Herr Ziegler in der letzten Ethikstunde mitgegeben hat.

»Dann machen wir doch erst mal mit *In der Familie leben* weiter«, meint er versöhnlich.

In der Familie leben! Ich stöhne laut auf. »Alles, bloß das nicht!«

SO GEHT KRISE

Um das sehr wählerische Weibchen zu erobern, muss das Männchen des Seidenlaubvogels sorgfältig eine Liebeslaube aus Zweigen errichten. Das Innere wird gesäubert und ausschließlich mit gelben und blauen Gegenständen dekoriert. Die Fähigkeit zum Bau einer perfekten Liebeslaube ist nicht angeboren, sondern muss vom Männchen mühsam erlernt werden.

Arglos öffne ich die Haustür. Erstarre. Knalle sie wieder zu.

Das allerdings ist wohl nicht die beste Methode, jemanden willkommen zu heißen. In meinem Kopf erhebt sich ein Sturm mittlerer Stärke, der droht, zu einem Orkan zu werden. Fieberhaft überlege ich: Wer von meiner Familie ist gerade zu Hause? Und mein Zimmer, wie sieht es aus? Wie sehe ICH aus?

Wieder klingelt es. Wenn ich mich nicht völlig blamieren will, muss ich es jetzt tun. Also atme ich tief durch, räuspere mich und öffne langsam die Tür.

Gott sei Dank hat Lina noch nicht die Flucht ergriffen, sondern sieht mich nur erstaunt an. »Hey, ich dachte schon, ich störe!«

»Quatsch, du doch nicht«, bringe ich mit einiger Anstrengung heraus. »Ich war nur so überrascht, dich zu sehen, dass mir die Tür wieder aus der Hand gefallen ist.«

Kann eine Tür überhaupt aus der Hand fallen?

Lina lächelt. Und WIE sie lächelt. »Dann hast du also Zeit? Ich wollte dich schon immer mal besuchen. Außerdem können wir doch kurz über unsere Präsentation reden, dachte ich.«

»Super Idee«, krächzt jemand, der meine Kehle und meine Stimmbänder benutzt. »Komm rein.« Ich öffne die Tür weit und weiche zurück. »Warte einen ganz kleinen Moment. Du kannst schon mal deine Jacke aufhängen, ich bin gleich wieder da.«

Ich rase in die Küche, sehe mich hektisch um. Robin hatte Blumen auf dem Tisch stehen, das sah super aus, Blumen sind der Schlüssel zum Glück. Mist, keine Blumen hier. Ah, doch, da auf der Fensterbank ist eine in einem Topf. Zwar hat sie gerade keine Blüten, aber die gekräuselten Blätter sehen doch auch so sehr hübsch aus, finde ich. Also stecke ich mir schnell den Blumentopf unter den Pulli, laufe durch den Flur, werfe Lina, die dort abwartend steht, ein gewinnendes Lächeln zu und hetze in mein Zimmer. Entschlossen fege ich meine Zeitschrift und alles andere vom Nachttisch und stelle die Blume darauf. Den Schreibtischstuhl kippe ich kurz nach vorn aus, damit der Berg aus schmutzigen Klamotten auf den Boden fällt, und auch meine Bettdecke und meinen Sitzsack befreie ich mit Schwung von ihrer

Last. Hektisch grapsche ich mir einen großformatigen Bildband, gehe auf die Knie und schiebe mit dem Buch wie ein Bagger mit seiner Schaufel die ganzen Sachen unters Bett. Zum Schluss fliegt der Bildband hinterher, ich springe auf und hechte zurück in den Flur. »Alles klar, komm doch bitte rein.« Schnell streiche ich noch mein zerstrubbeltes Haar glatt und pappe den Pony an der schweißnassen Stirn fest. »Ich wollte nur eben noch ein paar Gedanken aufschreiben, so was Philosophisches, du weißt schon, bevor alles wieder weg ist.«

»Okaaay«, erwidert Lina gedehnt und setzt sich in Bewegung. »Und ich störe wirklich nicht?«

»Nein, nein, alles gut! Ich freue mich, dass du kommst. Bei Robin warst du ja schon«, setze ich vollkommen unnötig hinzu.

»Ach ja, Robin«, erwidert Lina und setzt sich so vorsichtig auf mein Bett, als sei es zerbrechlich. »Der nimmt ja alles sehr genau, findest du nicht? Ich sehe das alles nicht so eng.« Ihr Blick fällt auf meinen Nachttisch. »Du hast Petersilie in deinem Zimmer?«

Äh, was? »Ja, die ist supergesund, Vitamin C und so.« Schnell reiße ich ein paar Blättchen ab und stopfe sie mir in den Mund.

Linas Blick verrät nicht gerade uneingeschränkte Zustimmung.

Ich lasse mich auf den Stuhl fallen und kann einfach nicht anders, als sie anzustarren. Egal, was sie macht, wie sie sich bewegt, wie sie den Kopf hält, lächelt, die Augen aufschlägt – all das bringt mindestens tausend Tausendfüßler dazu, kreuz und quer meinen Bauchraum zu erkunden, während mein Kopf in Höchstgeschwindigkeit die Temperatur der Lut-Wüste annimmt. So wunderschönschrecklich ist das, und es hört gar nicht mehr auf, wenn Lina in der Nähe ist. JETZT ist sie mir so nah wie noch nie. Ohne zu überlegen, ruckle ich meinen Stuhl noch ein Stückchen weiter in Richtung Bett.

Lina hustet und sieht mich erwartungsvoll an.

Ich gucke gespannt zurück.

»Äh, hast du vielleicht was zu trinken?«

»Klar!« Ich Blödmann, warum habe ich nicht von selbst daran gedacht? Eifrig springe ich auf. In diesem Moment klopft es. Oh Gott, das wird doch nicht ... »Ja?«

Die Tür geht auf und Papa kommt herein. Freundlich strahlt er Lina an. »Habe ich es doch richtig gehört: Du hast Besuch. Darf ich deiner Freundin vielleicht etwas zu trinken anbieten?«

Einen Moment starrt Lina Papa sprachlos an. »Das kann ich doch selbst machen«, meint sie dann bestürzt und springt ebenfalls auf. Jetzt stehen wir alle. Außer Papa, natürlich.

»Aber nein, aber nein«, meint der abwehrend und rollt schon wieder hinaus.

Mit weit aufgerissenen Augen dreht sich Lina zu mir um. »Der Arme!«, flüstert sie voller Mitleid. »Was ist passiert?«

»Nichts. Alles okay.« Dass Papa den Leuten auffällt und sie ihn anstarren, bin ich schon gewohnt, aber das ist doch kein Grund, so zu tun, als wäre er frisch von der nächstbesten Klippe gestürzt und läge nun hilflos und zerschmettert dort unten. »Also, die Präsentation«, versuche ich etwas lahm vom Thema abzulenken.

Wieder klopft es, und bevor Lina hilfsbereit die Tür aufreißen kann, rollt Papa schon herein, auf seinen Beinen ein Tablett mit zwei Gläsern und einem Krug balancierend. Daneben liegt noch eine Packung mit Mamas Haferkeksen, na klar, die können wir immer anbieten, davon liegen genug im ganzen Haus verstreut.

»Vielen lieben Dank!« Lina strahlt Papa so an, als habe er ihr gerade die gesamte Präsentation geschrieben. Der strahlt zurück und tritt diskret den Rückzug an.

Eine ganze Weile starrt Lina noch wortlos auf die geschlossene Tür.

Wenn sie schon so auf Papa reagiert, was wird sie erst zu Mama sagen? Oder … zu Onkel Holger?

Genau in diesem Moment klingelt es. Ich zucke zusammen, rühre mich aber nicht. DAS kann ich jetzt nicht riskieren.

Lina schaut mich mit hochgezogenen Augenbrauen an. »Türen öffnen ist nicht deine Stärke, was?«

Stumm schauen wir uns an, während wir hören, wie Papa heranrollt und den Besucher hereinlässt. Linas Blick wechselt von vorwurfsvoll zu anklagend.

Ich höre die beiden im Flur miteinander sprechen. BEIDE Stimmen kenne ich, sehr gut sogar. Ich beginne zu beten, ganz untypisch für mich, aber wen soll ich jetzt sonst um Hilfe bitten? Lass das doch bitte den Paketboten sein oder die Nachbarin, die zum hundertsten Mal ein Ei braucht, oder meinetwegen auch den Haferkeks-Lieferservice. Danke. Ach ja – und Amen.

Ich werde nicht erhört.

Es klopft. Onkel Holger steckt erst den Kopf, dann leider auch den Rest des Körpers herein. Gerade heute hat er sich ganz besonders aufgestylt. Er trägt Stilettos, die sich sofort mit meinem tiefen Teppichboden duellieren, einen Rock, der so eng wie ein Stützstrumpf ist, und ein Oberteil, das heller funkelt als Sirius höchstpersönlich.

Onkel Holger bedenkt Lina mit einem zauberhaften Lächeln.

»Das ist Onkel Holger«, beeile ich mich zu sagen.

Mein Onkel wirft mir einen strafenden Blick zu und wendet sich dann wieder an Lina. »Du kannst Nikita zu mir sagen.«

Bevor Lina, deren Augen die Größe von fliegenden Untertassen angenommen haben, etwas erwidern kann, erscheint Papa im Türrahmen. »Komm, Nikita, wir wollen die beiden mal allein lassen.«

Bedauernd stakst Onkel Holger hinaus. Der Teppichboden hat gewonnen, allerdings unter herben Verlusten, wie die Flusen an seinen Absätzen zeigen.

Eine Weile herrscht Schweigen zwischen mir und Lina. »Die Präsentation«, ergreife ich schließlich mutlos das Wort.

»Ja.« Lina nimmt einen Schluck. »Aber ich muss jetzt erst mal aufs Klo. Wo ist das?«

»Rechts raus und dann die erste Tür links«, rufe ich erleichtert darüber, endlich einmal etwas Sinnvolles und Hilfreiches zum Gespräch beitragen zu können. Und doch … irgendetwas stimmt nicht, irgendein Alarm beginnt in meinem Kopf zu schrillen, was ist es nur? Dann kapiere ich und die Tausendfüßler erlahmen, der Kopf wird kälter als flüssiges Helium: Lina trägt über ihrem schwarzen Rolli gut sichtbar eine silberne Kette. Mit einem Anhänger.

In Herzform.

»Nein, nicht!« Ich springe auf, doch es ist zu spät. Aus dem Flur dringt ein gellender Schrei.

»Hilfe, ich werde von einem Rollstuhl verfolgt!«

BLOGS UND SPIELE

Um das Weibchen auf sich aufmerksam zu machen, stellt sich das Männchen des Kammmolches ihm einfach in den Weg, richtet sich zu seiner vollen Größe auf und beginnt heftig hin- und herzuwedeln. Bleibt das Weibchen gleichgültig, peitscht das Männchen durch einen heftigen Schwanzschlag zusätzlich einen Schwall Wasser um den Kopf der Angebeteten.

»Setzt euch bitte in Vierergruppen zusammen!«

Sehr gut! Auf unseren Klassenlehrer Herr Özcan ist eben Verlass, er ist zuverlässig gegen Frontalunterricht. Eifrig springe ich auf und schiebe meinen und Robins Tisch schnell zu Linas und Leonies hin. Zwar muss ich dafür laut polternd den halben Klassenraum durchqueren, denn die beiden sitzen ganz hinten, aber von Sitznachbarn hat Herr Özcan schließlich nichts gesagt.

»Ey, du Spinner, gehts noch?«, beschwert sich Ben und tippt sich wütend an die Stirn, als ich ihm unterwegs, nur ganz leicht, den Finger zwischen unseren beiden Tischkanten einklemme.

»Sorry«, sage ich, meine es aber gar nicht so, denn das hier ist nun mal meine Chance. Schon den ganzen Morgen versuche ich, Blickkontakt mit Lina aufzunehmen, immer wieder habe ich mich mit meinem nettesten Lächeln zu ihr umgedreht, aber: Fehlanzeige. Entweder hat sie es nicht bemerkt oder sie ist immer noch sauer auf mich wegen Klette oder Papa oder Onkel Holger oder der Petersilie oder wegen was weiß ich. Aber wenn wir uns genau gegenübersitzen, kann sie mich ja schlecht ignorieren. Und ich kann alles wiedergutmachen.

»Hallo, Mädels, wie wärs mit uns vieren?«, begrüße ich die beiden mit absolut unwiderstehlichem Charme und schiebe unseren Tisch schwungvoll an ihren.

»Hi«, erwidert Leonie lässig, während sich Lina nur eine Locke um ihren Finger wickelt.

Ich setze mich hin und mein gewinnendstes Lächeln auf. Wo bleibt eigentlich Robin? Ah, da ist er schon, den Arm voller Hefte, Bücher und anderem Kram, der wohl während meiner Aktion verloren gegangen ist.

»Mensch, du hättest wenigstens warten können, bis ich alles abgeräumt habe«, meint er schnaufend und beginnt unsere Sachen auf zwei Stapel zu sortieren. »Aber jetzt hör mir doch endlich mal zu! Es gibt sensationelle Neuigkeiten! Meine Mutter hat …«

»Jaja,«, entgegne ich ziemlich genau null interessiert und strahle weiterhin Lina an. Schon den ganzen Morgen will mir Robin irgendetwas von seiner Mutter erzählen, aber die ist leider nicht im Mindesten so sensationell wie dieses geheimnisvolle Wesen da vor mir, das sich immer noch im

Haar herumfummelt und mich beharrlich wie Luft behandelt. Leonie dagegen starrt mich an, wie ich plötzlich bemerke, oder eher: Sie starrt mein Kinn an, leicht angeekelt. Schnell stütze ich mich auf, um Ferdi hinter meiner Hand verschwinden zu lassen. Er muss wohl gewachsen sein.

»Ich möchte, dass ihr die Fragen zunächst in der Gruppe diskutiert und euch dann auf eine gemeinsame Antwort verständigt«, kündigt Herr Özcan das weitere Vorgehen an.

»Super!« Ich nicke Lina zu. »So in der Runde kann man doch viel besser miteinander reden, irgendwie vernünftiger, findest du nicht?«

»Penis-Challenge?«, zischt mir in diesem Moment Ben von hinten zu. JETZT sieht mich Lina an. Wenn ich kochendes Wasser in Sekundenschnelle zu einer riesigen Eisscholle gefrieren lassen wollte, wäre dieser Blick dafür enorm hilfreich.

»Nein!«, zische ich über die Schulter zurück. Ganz sicher werde ich an diesem Tisch NICHT das ewige Lieblingsspiel meiner Klassenkameraden spielen, bei dem alle der Reihe nach »Penis« sagen und dabei jedes Mal etwas lauter werden müssen. Ein absolut kindisches und albernes Spiel ist das, auch wenn ich zugegebenermaßen schon ziemlich viel Spaß damit hatte.

»Lehrer-Bingo?«, kommt der nächste Vorschlag von hinten.

Na gut, wenns sein muss. Irgendetwas muss ich ja machen. Nach einem erneuten Blick auf Lina, die sich wieder ihren Locken widmet, schnappe ich mir Robins Collegeblock und reiße ein Blatt heraus.

»Mensch, was soll das denn?« Hektisch knibbelt Robin die Papierreste aus der Spirale. »Hast du kein eigenes Heft? Aber jetzt hör mir doch mal zu, meine Mutter …«

Ich überlege nur kurz und schreibe dann siegessicher drei Worte auf das Blatt.

»Also, meine Mutter ist doch Coach für erfolgreiches Arbeiten, das weißt du ja. Und es läuft echt gut bei ihr, sie hat unheimlich viele Anfragen. Und weißt du was?«

»Heute wollen wir uns erneut dem vielleicht spektakulärsten Kapitel europäischer Geschichte widmen: der Französischen Revolution«, erläutert Herr Özcan seine weiteren Pläne vorn am Smartboard.

Zufrieden streiche ich mit einem fetten Strich *spektakulär* durch. Ein schneller Blick durchs Klassenzimmer zeigt mir, dass ich leider nicht als Einziger auf diese geniale Idee gekommen bin. Ben, Tom und Shahin hantieren ebenfalls grinsend mit ihren Stiften.

Jetzt packt Robin meinen Arm. So temperamentvoll kenne ich ihn gar nicht. »Also, was ist?«, frage ich gnädig nach.

»Mama richtet mir auf ihrer Homepage einen eigenen Blog ein!« Richtig glücklich sieht Robin mit einem Mal aus.

»Ach so«, erwidere ich ratlos.

»Wann genau begann die Französische Revolution?«

Sollen wir das jetzt auch erst in der Gruppe diskutieren und uns dann auf ein Datum einigen oder was? Die anderen Tische beginnen jedenfalls die Köpfe zusammenzustecken.

»Ben?«

»Äh, im 17. Jahrhundert?«

»Das gilt es wohl zu verifizieren.« Herr Özcan lässt einen tiefen Seufzer hören.

Genussvoll streiche ich *verifizieren* auf meinem Blatt durch. Mist, Tom auch.

»Ben, ich will jetzt mal für dich hoffen, dass du zumindest das richtige Jahrhundert meinst. Konkretisiere das doch mal.«

»17... 12?«

Wieder ein tiefer Seufzer.

»Was denn für einen Blog?«, fragt Lina plötzlich nach.

Das interessiert sie? »Ja, was denn für einen?«, bilde ich schnell ihr Echo.

Robin lehnt sich zurück und verkündet voller Stolz: »Einen Ordnungsblog!«

»Echt? Cool!«

Cool? Was ist daran cool? »Und, äh, was ordnest du da?«

»Alles!« Robin breitet die Arme aus, als wolle er die gesamte Welt umarmen. »Es geht um Ordnung im weitesten Sinne, um Übersicht und Kontrolle, verstehst du? Wir könnten geniale Ablagesysteme erfinden und vorstellen, Tipps zum sinnvollen Ausmisten oder zum richtigen Putzen geben und noch viel mehr!«

»Wir?«

»Sicher, du machst doch mit, oder?« Robin sieht mich überrascht an.

Na ja, bisher haben wir so ziemlich alles zusammen gemacht, aber das hier ...?

»Mensch, Karli, das wird toll, bestimmt! Du wirst sehen, Ordnung …«, einen Moment sucht Robin angestrengt nach den richtigen Worten, »… macht auch innen was mit dir, du fühlst dich viel friedlicher, entspannter. Alles ändert sich, wird besser, du hast dein Leben in der Hand!« Mit vor Eifer hochrotem Gesicht klatscht sich Robin vor die Stirn. »Ordnung macht dich frei, hier im Kopf, verstehst du?«

Nein, nicht wirklich. Dann müsste ich mich in meinem Zimmer wie ein lebenslänglich Einsitzender auf Alcatraz fühlen. Der Satz »alles ändert sich« lässt mich allerdings aufhorchen.

»Ich finde das super!«, mischt sich Lina jetzt ein. »Auf manchen dieser Blogs gibt es auch ganz tolle Einrichtungshacks!«

Vielleicht ist das alles ja doch gar keine so blöde Idee. Aber bevor ich etwas sagen kann, mischt sich Herr Özcan ungefragt ein: »Dürfte ich untertänigst fragen, womit sich die Herrschaften da hinten beschäftigen?«

Verdammt, *untertänigst* habe ich vergessen, ganz im Gegensatz zu Tom, der im Bruchteil einer Sekunde aufspringt und triumphierend ruft: »Bingo!«

AUF SCHWANKENDEM GRUND

An der Schwelle zum Erwachsenenalter tauschen Tiere in ihren sozialen Beziehungen Bewährtes gegen Unbekanntes. Affen, Elefanten und Delfine etwa lösen sich zunehmend von ihren Müttern und schließen sich zu Gangs mit Gleichaltrigen zusammen. Ohne Ärger verläuft diese Abnabelung selten, Rüpeleien gehören während dieser Zeit zur Tagesordnung.

Ich liege auf meinem Bett, starr, ohne die kleinste Bewegung. Doch die Welt um mich herum bebt.

Vor ein paar Jahren haben wir einmal Urlaub in den Bergen gemacht. Ich weiß nicht mehr so viel davon, aber an zwei Dinge kann ich mich noch ganz genau erinnern: an Mamas gequältes Gesicht, wenn es bergauf ging, und an die Hängebrücke.

Diese Brücke führte nicht einmal über eine gefährliche Schlucht, wie man es immer in Actionfilmen sieht, sondern nur über einen flachen Fluss, der kaum noch Wasser führte. Aber er war breit, dieser Fluss. Und damit war die Hängebrücke auch lang. So lang, dass sie gefährlich in Schwingung geriet, wenn man zu stark auftrat. Und das tat ich.

»Halt, Karli, warte!«, hörte ich Mama noch rufen, aber ich wollte unbedingt der Erste sein, der den Fluss überquert. Also lief ich einfach los. Ich kam bis zur Brückenmitte. Bis dahin hatte sich das Ding bereits so aufgeschaukelt, dass ich mir beim nächsten Versuch, einen Fuß aufzusetzen, fast dass Knie unters Kinn rammte. Mir wurde speiübel und ich klammerte mich nur noch verzweifelt an den seitlichen Seilen fest. Diesen Augenblick werde ich nie vergessen: Hinter mir schrien Mama und Papa, ich solle umkehren, doch beim vorsichtigen Blick über die Schulter merkte ich, dass ich schon zu weit weg war. Aber nach vorn sah es nicht viel besser aus. Weit und breit war kein Ausweg in Sicht.

Genau so geht es mir jetzt. Nur, dass sich diese verdammte Hängebrücke in mein Inneres verlagert hat. Mit weit aufgerissenen Augen starre ich an die Decke. Was ist das, was da alles in mir zum Schwanken bringt? Und seit wann habe ich dieses bohrende Gefühl, dass Umkehren keine Option mehr ist? Dass Mama und Papa mich nicht nur nicht retten können, sondern durch ihr Rufen und Drängen sogar alles noch viel schlimmer machen? Warum zum Teufel läuft bei mir nichts so, wie es soll? Aber wie soll es überhaupt laufen?

Versuchsweise klammere ich mich am Bett fest und höre sogar einen Moment auf zu atmen, um meinem Inneren meine so hergestellte äußere Ruhe aufzuzwingen. »Siehst du? So geht das!«, schreie ich mich selbst stumm an. »So fühlt man sich still und zufrieden und gut. Das kann doch nicht so schwer sein!«

Ist es aber.

Wie macht Robin das nur? Irgendwie beneide ich ihn. Zweifel scheinen in seinem Leben so häufig zu sein wie Mäuse in einem Katzenkorb. Was hat er noch mal gesagt, als es um diesen komischen Blog ging? »Du wirst sehen, Ordnung macht auch innen was mit dir, du fühlst dich viel friedlicher, entspannter. Alles ändert sich, wird besser, du hast dein Leben in der Hand!« Ich seufze. Wenn das so ist, dann fange ich gleich morgen mit der Ordnung an. Aber vorher mache ich mir ein Käsebrot.

Mit ordentlich Schwung will ich gerade meine Beine aus dem Bett hieven, als ich doch noch einmal stocke. Die Füße immer schön vorsichtig aufsetzen, Karli, ermahne ich mich selbst und tripple in kleinsten Minischrittchen grazil wie eine Ballerina in die Küche. Doch dort werde ich unbarmherzig von der Wirklichkeit eingeholt. Hängebrücken lauern eben überall.

Unsere ganze große Küche ist übersät mit Schrauben, Werkzeug, Rädern, Metallplatten und allen möglichen anderen Utensilien. Mittendrin thront Mamas Hintern, den sie so entschlossen in Richtung Himmel reckt, als sei er dort am besten aufgehoben. Der Kopf aber steckt in der Gegenrichtung unter einer merkwürdigen schmalen Platte, die zwischen zwei großen Stangen befestigt ist. Während Mama gebannt vor diesem seltsamen Gestell kniet und offensichtlich eine Schraube mit prüfendem Blick fixiert, fährt Papa mit hochrotem Kopf hektisch hin und her. Er scheint ziemlich aufgeregt zu sein. Als er mich sieht, rast er sofort auf mich zu.

Liebe Welt, ich wollte doch nur ein Käsebrot.

»Mama hat sich ein super Trainingsgerät einfallen lassen, Karli!«, schallt es mir so siegessicher entgegen, als sei Papa schon durch die Ziellinie gegangen. Er hat seinen Traum von einem Rennen also noch immer nicht begraben.

»Ach ja? Ich sehe nur zwei Stangen, eine Platte und …« Zu Mamas Hinterteil sage ich lieber nichts. Da fällt mir auf, dass auch Papas Rollstuhl sich verändert hat. Oder ist das etwa schon wieder ein neuer? Jedenfalls sind seitlich an den großen Greifreifen zwei kleine Köcher angeschraubt. Wozu sollen die gut sein? Sind das Stiftehalter? Oder Behälter für einen umfangreichen Würstchenvorrat? Und was sollen diese seltsamen dreieckigen Platten, die hinten an den Rollstuhl geschraubt sind?

Ächzend erhebt sich Mama und strahlt mich an. »Ist das nicht eine tolle Idee von Papa, das mit dem Rennen, meine ich? So genial!«

Ich bin nur noch ein ganz kleines bisschen kleiner als Mama. Als wir uns jetzt gegenüberstehen, starre ich auf ihre fröhlich gebleckten Zähne. Auch Papa lässt einen Laut hören, der auf ungebremste Heiterkeit schließen lässt. Was, bitte schön, ist hier so lustig? Dass ganz bestimmt gleich eine neue Erfindung von Mama wieder den Geist aufgeben wird, bevor sie überhaupt ihren Dienst begonnen hat?

»Schau mal, Karli«, verkündet Mama, tritt zur Seite und zeigt auf das Platten-Stangen-Modell. »Hier ist der ideale Trainingslift für den Sportler, der mit den Armen läuft.« Mama lacht laut los und auch Papa fällt wiehernd ein.

»Ich habe Hunger«, sage ich kraftlos und meine eigentlich: Lasst mich doch mit eurem blöden Kram in Ruhe!

»Ich mach dir gleich was, aber erst musst du gucken!«, sagt Papa eifrig, prescht kurz nach vorn, dreht sich schwungvoll wie ein Tangotänzer um die eigene Achse und fährt rückwärts genau auf das Gestell zu. Kurz vorher bremst er quietschend ab. »Einparken muss ich noch ein bisschen üben«, erklärt er bestens gelaunt, was bei Mama wieder ein albernes Kichern auslöst. Dann setzt Papa langsam zurück, genau zwischen die beiden Stangen. Jetzt sehe ich, dass die Platte in die Kerben der Dreiecke an Papas Rollstuhl passt. Klickend rastet sie ein. Mama reicht Papa zwei große Stöcke, die er rechts und links in die Köcher steckt. Jetzt sehen mich beide erwartungsvoll an.

»Könntest du mir nicht erst etwas zu essen machen?«, frage ich, das Schlimmste befürchtend.

»Gleich, gleich, jetzt guck doch mal.«

»Ich werde nun den Trainingslifter betätigen und dann hebt sich die Platte mit dem eingehakten Rollstuhl langsam an«, führt Mama voller Stolz aus. »Dadurch werden die hinteren Räder ein wenig in der Luft schweben und Papa kann sie mit Hilfe der Stangen so schnell bewegen, wie er will. Das trainiert die Ausdauer und schult die Koordination!«

Mama hört sich an wie ein Werbeprospekt. Und um ihre Worte noch zu unterstreichen, tut Papa schon mal so, als würde er die Stöcke auf und ab bewegen.

»Ich dachte, Papa wollte bei einem Rennen mitmachen und nicht bei einem Nordic Walking-Lauf?«, wende ich bissig ein. »So wird er nicht weit kommen. Habt ihr euch außerdem mal überlegt, dass es viel weniger Kraft erfordert, die Räder zu bewegen, wenn sie in der Luft schweben? Aber soweit ich weiß, darf Papa beim Rennen nicht fliegen, sondern muss wie alle anderen Teilnehmer auch am Boden bleiben, und dort ist der Reibungswiderstand viel größer.« Physik ist eines meiner Lieblingsfächer. »Somit ist der Trainingseffekt von diesem TOLLEN Gerät gleich null«, schließe ich zuckersüß.

»Das ist mein Sohn!« Mama strahlt mich an. »Du hast natürlich recht, aber auch daran habe ich schon gedacht. Ich bastle gerade an ergonomischen Greifreifen mit ganz neuartiger Silikonbeschichtung. Durch die verbesserte Kraftübertragung ist der Rollstuhl dann viel schneller und Papa kann damit draußen auf der Straße trainieren, unter ganz realen Bedingungen!«

Vor meinem geistigen Auge sehe ich Papa sofort schnell und unter ganz realen Bedingungen auf eine Kreuzung mit vier Schwerlastern zurasen.

Papa teilt ausnahmsweise Mamas Begeisterung nicht, sondern wendet sich ihr mit düsterer Miene zu. »Siehst du, Kim, Karli glaubt nicht an mich.«

Mama tätschelt mit einer Hand tröstend seine Schulter und beginnt mit der anderen, einen Hebel zu betätigen und so die Platte, an der die Hinterräder des Rollstuhls hängen, hochzufahren. Papa beginnt sich mitsamt seinem Gefährt langsam nach vorn zu neigen.

»Das hat doch nichts mit Glauben zu tun oder sind wir hier in der Kirche?« Ich weiß auch nicht, warum ich plötzlich so laut werde. »Papa kann nun mal nicht laufen und rennen schon mal gar nicht! Was soll das also alles? Außerdem gehen deine tollen Erfindungen sowieso immer nur kaputt, Mama! Wann kapierst du das endlich mal? Das endet doch immer nur alles in einem riesengroßen Scherben- oder Schraubenhaufen!«

Das wars dann mit der guten Laune. Ich habe es mal wieder geschafft. In Zeitlupentempo wendet sich Mama zu mir um, ihre Augen zu Schlitzen verengt. Die eine Hand tätschelt Papas Schulter jetzt so heftig, dass er am ganzen Körper vibriert wie ein Pürierstab bei der Arbeit. Mit der anderen Hand zielt sie auf mich, als wollte sie mich mit ihrem ausgestreckten Zeigefinger durchbohren. Allerdings befindet sich dieser Zeigefinger an der Hand, die eben noch den Hebel an dem neuen Trainingslifter hielt – und jetzt losgelassen hat! Und die Platte mit Papa daran fährt immer noch weiter leise surrend hinauf!

»Äh, Mama, Papa kippt immer weiter nach vorn, vielleicht solltest du …« Weiter komme ich mit meinem berechtigten Einwand nicht.

»Was genau ist dein Problem, Karli?«, poltert Mama los. So dermaßen aus der Ruhe gebracht habe ich sie noch nie gesehen. »Warum machst du immer alles mies? Nichts ist richtig, nichts ist gut, Papa kann nicht laufen, ich bin zu dick …« Ungläubig schaut Mama bei diesen Worten an sich hinunter. »Wie hätte der Herr uns denn gern? Und vielleicht denkt der Herr auch einmal darüber nach, dass bei ihm vielleicht auch nicht alles so perfekt ist?«

Der Rollstuhl hat mittlerweile eine bedrohliche Neigung angenommen. Wenn das so weitergeht, wird Papa noch kopfüber herausstürzen. »Mama, du solltest …«, versuche ich es noch einmal.

»Was sollte ich? Ich soll gar nichts, hörst du? Ich soll so sein, wie ich bin, das soll ich!« Kämpferisch ballt Mama ihre Fäuste. Das ist das erste Mal, dass ich sie in irgendeiner entfernt an Sport erinnernden Haltung sehe.

Aber auch mir reicht es jetzt, ich kann schließlich nicht immer für meine verrückten Eltern die Eisen aus dem Feuer holen. »Was mein Problem ist? Ihr seid es, ihr alle beide! Mach doch, was du willst! Macht doch alle, was ihr wollt!« Ich drehe mich um, überlege für einen kurzen Moment, dass ich so nicht an mein Käsebrot kommen werde, entschließe mich dann aber trotzdem zur Flucht. So laut es geht, knalle ich die Tür hinter mir zu.

Das Letzte, was ich höre, ist Papas überraschtes »Hoppala!« und einen dumpfen Aufprall.

IM RICHTIGEN RHYTHMUS

Auch Tiere tanzen und sie tun das meist, um vor dem anderen Geschlecht anzugeben. Möchte zum Beispiel der in Costa Rica lebende Gelbhosenpipra ein Weibchen beeindrucken, vollführt der kleine Vogel auf seinem Ast so raffinierte Moonwalk-Tanzschritte, das selbst Michael Jackson vor Neid erblassen würde.

Dampf ablassen, einfach mal den ganzen Mist aus sich herausschütteln, dabei leer, leicht und frei werden – das geht am besten auf einem Konzert der »Golden Devils« oder in der Mittelstufendisco.

Die »Golden Devils« sind DIE Oberstufen-Band unserer Schule. Ich gerate nicht so schnell ins Schwärmen, von Lina vielleicht einmal abgesehen, aber an diesen vier Typen ist wirklich alles sensationell: wie ihre Bass- und E-Gitarre, ihr Schlagzeug und ihr Gesang, den Herr Özcan »Geschrei« nennt, deinen Körper sofort zum rhythmischen Zucken und Zappeln bringen, als habe ein fremdes Wesen von ihm Besitz ergriffen und komplett die Kontrolle übernommen. Und dann ihre legendären Outfits: Mitsamt den kleinen Teufelshörnern auf den vier Köpfen funkelt und glitzert alles golden und jedes einzelne provokante Aufblitzen löst bei ihren Auftritten ekstatisches Fan-Geschrei aus. Eine Karte zu einem ihrer nur einmal im Jahr stattfindenden Schulkonzerte zu ergattern, ist ungefähr genau so leicht, wie einen Pinguin zum Fliegen zu bringen. Diese Karten sind bei allen Schülerinnen und Schülern begehrter als sämtliche Fußballpokale und sonstigen Trophäen zusammen – Robin vielleicht ausgenommen, der seine Urkunde von »Jugend forscht« tatsächlich einrahmen ließ, mitten an die Wand hing und dann noch einen Halogenscheinwerfer darauf richtete.

Mir jedenfalls ist es noch nie gelungen, zu einem ihrer Konzerte zu gehen, ich habe die »Golden Devils« bisher nur bei der jährlichen Weihnachtsfeier erlebt, auf der sie einen einzigen Song spielen dürfen. Sagenhaft, wie sie den Unterstufenchor, der mit »Schneeflöckchen, Weißröckchen« noch nicht ganz fertig war, in Grund und Boden rockten.

Mir bleibt also mal wieder nur die Mittelstufendisco, auf die ich mich aber auch schon den ganzen Tag gefreut habe. Die Kassenschlange ist ewig lang, ich stehe sogar noch draußen vor der Tür zur Aula, aus der schon hämmernde Bässe und zuckende Blitze herausdrängen, die allerdings nicht von goldenen Teufelshörnern, sondern von silbernen Discokugeln stammen. Einige Wartende vor und hinter mir beginnen bereits mitzuwippen und auch ich kann nicht mehr stillhalten. Dabei recke ich meinen Hals und suche Lina: Aha, da vorn steht sie mit ihren Freundinnen, gleich ist sie durch die Kasse. Ein Grund mehr, sich auf den Abend zu freuen.

Endlich haben wir es auch geschafft. Ungeduldig werfe ich Thore aus der Nachbarklasse meine drei Euro Eintritt hin, und als ich die ersten Bässe von »Freedom« höre, gibt es kein Halten mehr. Ich schiebe mich ungeduldig durch die Menge aus heißen und schwitzenden Körpern, bis ich einen einigermaßen freien Platz auf der Tanzfläche finde. Dann breite ich die Arme aus, überlasse mich der Musik, begleite den Riff auf meiner Luftgitarre, drehe mich, jage eine Welle nach der anderen durch meinen Körper. Ja, das ist es, genau das habe ich jetzt gebraucht! Weg von allem, die ganzen Verrückten verrückt sein lassen, mich mit Leuten umgeben, die so sind wie ich. Ganz von selbst macht sich ein breites Grinsen auf meinem Gesicht breit, und obwohl alles an mir in Bewegung ist, fühle ich mich so ruhig wie schon lange nicht mehr. Kurz schaue ich mich nach Lina um, aber die ist irgendwo in der Menge abgetaucht.

Da fällt mein Blick auf Robin, der am Rand der Tanzfläche steht, sich an einem stillen Wasser festklammert wie an einem Rettungsring und unbeholfen auf und ab wippt, als sei er nicht zum Tanzen, sondern zum Sackhüpfen hier. Robin ist wirklich ein super Kumpel, aber manchmal hat er einfach einen Stock verschluckt. Wie immer musste ich ihn überreden, überhaupt mitzukommen. Ich tanze an ihn heran, packe seine Arme und ziehe ihn mit mir zurück auf die Tanzfläche. Robin schaut mich finster an.

»Was ist los? Mach einfach mit«, schreie ich gegen den Lärm und versuche ein paar aufmunternde Moves. Aber mein Freund schüttelt nur den Kopf, und als er plötzlich zwischen ein tanzendes Paar gerät, zieht er die Schultern ein und ergreift Hals über Kopf die Flucht, zurück zum Rand. In sicherer Entfernung nimmt er immerhin sein Gewippe wieder auf.

Na gut, da ist nichts zu machen. Ich drehe mich schwungvoll um die eigene Achse, an mir vorbei fliegen Farben, Menschen, Gesichter. Moment, was war das? Ich stoppe, drehe mich zurück, langsamer, bis ich es sehe. Bis ich SIE sehe.

Dunkelbraune Locken umrahmen ein Gesicht, das aussieht, als wäre es nicht von dieser Welt. Eigentlich ist es ganz normal, aber in dem Ausdruck liegt etwas … irgendwie Überirdisches. Die Augen geschlossen, lächelt sie mindestens so geheimnisvoll wie die Mona Lisa. Und wie sie tanzt! Ihre Bewegungen passen nicht nur zur Musik, sie SIND die Musik, ihre Füße scheinen die Beats direkt aus dem Boden aufzusaugen und in den restlichen Körper zu schicken, der sie dann mit fast schon artistischen Tanzeinlagen wieder in die Welt entlässt. Wahnsinn! Schnell gucke ich mich nach Lina um, als sei ich es ihr schuldig, aber noch immer ist von ihr nichts zu sehen. Plötzlich finde ich das gar nicht mehr so schlimm.

Ich umtanze geschickt ein paar Klassenkameraden, bis ich bei der Überirdischen angelangt bin. Gerade will ich mir einen superwitzigen Spruch überlegen, als sie mir genau in diesem Moment ihren Rücken zudreht. Aber so schnell lasse ich mich nicht abwimmeln.

»Du tanzt super!«, schreie ich ihr von hinten ins Ohr. Keine Reaktion.

»Ich bin der Karli!«, versuche ich es weiter. »Ich hab dich noch nie hier gesehen, bist du neu?« Immer noch nichts. Komisch, eigentlich sieht das Mädchen wirklich nett aus. Mit ein paar schwungvollen Drehungen lande ich vor ihr, damit sie mich sehen kann. Allerdings hat sie ihre Augen immer noch geschlossen. Also tippe ich sie leicht an, lache ihr zu und recke meinen Daumen nach oben.

Das klappt besser. Sie nickt und lächelt zurück. Es ist ein sehr schönes Lächeln. Dabei guckt sie mich so intensiv an, dass ich ganz rot werde. Ich hoffe, das wird bei dem farbigen Licht nicht weiter auffallen.

Jetzt tanzen wir zusammen und wir gucken uns die ganze Zeit dabei an. Ich versuche, ein paar ihrer Moves zu kopieren, allerdings nicht sehr erfolgreich. Das Mädchen lacht, sie wiederholt sie und nimmt mich dabei an die Hand. Wieder versenken wir unsere Blicke ineinander, ihre Hand liegt warm und weich in meiner, die anfängt zu kribbeln, als hätte ich in eine Steckdose gefasst. Und dann geht es plötzlich wie von selbst, wie durch ein Kabel überspielt sie über unsere Hände ihr Rhythmusgefühl auf mich und gemeinsam bewegen wir uns zur Musik, als würden wir seit Jahren nichts anderes machen. Ein ganz neues, unbekanntes Gefühl überschwemmt mich wie eine Flutwelle, das Wort »Glück« fällt mir ein, aber es klingt viel, viel zu unbedeutend für das, was hier gerade passiert.

Bald bin ich völlig aus der Puste, außen und innen. Ich frage das Mädchen per Handzeichen, ob sie mit mir am Rand vielleicht etwas trinken möchte. Mit blitzenden Augen nickt sie und ich schwebe selig vor ihr her in Richtung Getränkestand. Kurz darauf prosten wir uns mit zwei Gläsern Cola zu.

»Ich bin Karli«, starte ich einen neuen Versuch.

Jetzt wäre eigentlich der geeignete Moment für sie, mir auch ihren Namen zu verraten. Das macht sie aber nicht, sondern sie starrt mich wieder nur so seltsam forschend an, fast grüblerisch. Ich werde unsicher. Stimmt etwas nicht mit mir? Ist etwa … Schnell tue ich so, als müsste ich mich am Kinn kratzen, und verberge Ferdi unter meiner Hand.

In diesem Moment wird das ohnehin schon nicht sehr helle Licht noch weiter gedimmt und ein Schmusesong eingespielt. Im Schutz des Dämmerlichtes finden auf der Tanzfläche schnell zahlreiche Paare zueinander, die sich eng umschlingen und verträumt hin- und herwiegen. Auch das noch.

»Wie heißt du denn? Ich habe dich noch nie hier gesehen!«, frage ich wieder nach und versuche, das erotische Hauchen aus den Lautsprechern zu ignorieren.

Das Mädchen legt jetzt ihre Hand an meine Wange, in der sich spontan eine Ameisenherde breitmacht. Sanft dreht sie mein Gesicht genau zu ihrem hin. Dann schaut sie mich wieder einfach nur an, diesmal mit konzentriert zusammengezogenen Augenbrauen. Vorsichtshalber gebe ich Ferdi noch nicht frei.

Ich beginne zu schwitzen. Was wird das hier? Macht sie sich über mich lustig? Aber eigentlich glaube ich das nicht, so wirkt sie nicht. Also versuche ich es mit einem letzten, lockeren Spruch: »Was ist denn, warum sagst du nichts? Bist du vielleicht taub?«

Das Mädchen lässt ihre Hand sinken. Wieder stiehlt sich ein Mona Lisa-Lächeln auf ihre Lippen, das dann aber schnell zu einem ausgewachsenen Lachen wird. Schließlich prustet sie los, bis ihr Tränen in die Augen schießen.

Und dann nickt sie.

EINTÖNIG BUNT

In Tierfamilien machen die Kleinen den meisten Dreck, und die Großen sind dafür zuständig, alles wieder sauber zu machen. Vor allem bei vielen Singvögeln ist das der Fall, bei denen die Eltern das Nest regelmäßig vom Kot ihrer Nachkömmlinge säubern müssen. Hierzu benutzen sie oft eine gleich mitgelieferte Mülltüte: Die Jungvögel sondern zusammen mit ihrem Kot auch noch eine Art Verpackung ab, genannt »Fäkalsack«. Beim Nestputz fliegen die Eltern mit dem Fäkalsack im Schnabel vom Nest weg und lassen den Müll dann fallen. Werden die Jungvögel flügge, hören sie auf, Fäkalsäcke zu produzieren. Ab dann müssen sie selbst für Sauberkeit und Ordnung sorgen.

»Mensch, Robin, hättest du mir nicht sagen können, dass an dem Abend auch eine Gehörlosen-Schule eingeladen war?« Stöhnend lasse ich mich aufs Bett fallen.

»Warte mal!« Robin springt auf, schiebt mich zur Seite und zieht die Decke unter mir glatt. »Pass ein bisschen auf, die ist neu!«

Die Decke ist grau. Grau wie meine Stimmung.

Robin kehrt wieder auf seinen Schreibtischstuhl zurück. »Das hing doch überall aus und Herr Özcan hat es auch noch mal gesagt«, meint er, während er auf den Bildschirm starrt und schnell irgendetwas tippt, im Zehnfingersystem. Das wollte ich auch schon immer mal lernen, irgendwann. Aber bis dahin werden wohl noch weiter ausschließlich meine beiden Zeigefinger übernehmen müssen, die bestimmt schon bald zwei prächtige Bizepse entwickeln.

»Du hättest trotzdem was sagen können.« Eigentlich ist mir klar, dass Robin nicht die Schuld an allem trägt, aber mein Ton ist anderer Meinung. Er ist ein einziger pampiger Vorwurf.

Wenigstens hört Robin jetzt mit dem Getippe auf und dreht sich schwungvoll zu mir um. »Mensch, Karli, du musst eben besser zuhören! Ständig beschwerst du dich über alles und jeden, aber der völlige Chaot bist doch du! Wenn es gut laufen soll, musst du schon selbst dafür sorgen!«

»Was kann ich denn dafür, dass diese Jona taub wie ein Zaunpfahl ist?«, frage ich trotzig zurück. »Das war ja wieder klar, dass gerade ich sie kennenlernen musste!«

»Und was ist so schlimm daran? Es ist doch immer die Frage, wie du damit umgehst, Karli, was du daraus machst, verstehst du?«

Nein, tue ich nicht. Muffelig knete ich an meinen Fingern herum.

»War sie denn nett?« Robin setzt sich neben mich aufs Bett und grinst mich versöhnlich an.

»Doch«, muss ich zugeben. Genau das ist ja das Problem! Jona war ziemlich nett, eigentlich sogar der Hammer! Und doch hatte ich mit einem Mal das Gefühl, noch tiefer in diesen Strudel hineinzugeraten, der mich willenlos in die Tiefe zieht und dabei alles drum herum in wildes Schleudern versetzt. Das bitte nicht auch noch, Mama, Papa und Onkel Holger sorgen nun wirklich für genug Diversität in meinem Leben!

»Wie habt ihr euch eigentlich miteinander verständigt?«, will Robin interessiert wissen. »Konnte sie Lippen lesen?«

»Erinnere mich besser nicht daran!« Vor Entsetzen schließe ich die Augen. War das peinlich! Jonas forschender Blick, ihre Hand an meiner Wange – all das diente nur dazu, zu verstehen, was ich gesagt habe. Und ich habs nicht kapiert! »Lippen lesen funktioniert ganz schlecht, vor allem in schummrigen Discos. Sie hat eine App auf ihrem Handy, mit der wir Texte schreiben und uns gegenseitig zeigen konnten.« Noch immer werde ich rot, wenn ich an ihre erste Nachricht denke, die sie mir kichernd hingehalten hat:

Du bist ja ein Blitzmerker!

»Haben Gehörlose denn nicht so eine Art Zeichensprache?«

»Ja, ich glaube schon.« Erst hat Jona tatsächlich versucht, sich mir mit sehr wirren Handbewegungen verständlich zu machen, aber auf meinen ratlosen Gesichtsausdruck hin hat sie dann doch ihr Handy herausgeholt.

»Und? Habt ihr eure Nummern ausgetauscht? Jetzt erzähl doch mal!«

»Ja, Mensch, haben wir!« Verzweifelt lasse ich mich nach hinten fallen und bedecke mit einem Arm meine Augen. Warum nur habe ich das gemacht? Warum habe ich nicht einfach den Kopf geschüttelt, als die Frage nach meiner Nummer übers Handy kam? Muss ich jetzt etwa auch noch diese verdammte Gebärdensprache lernen? In meinem Kopf setzt ein Schwirren in der Lautstärke eines gigantischen Hornissenschwarms ein.

»Hey, Karli, ganz ruhig, alles wird gut!« Robin legt eine Hand auf meine Schulter.

»Ach ja, wie denn? Soll ich vielleicht ein Irrenhaus aufmachen? Genügend Insassen hätte ich mittlerweile.«

Eigentlich war das als Witz gemeint, aber Robin antwortet sehr ernst: »Nur weil man taub ist, ist man nicht verrückt. Das Problem ist doch ein ganz anderes und liegt in dir selbst, Karli! Du musst dich besser organisieren und Regeln aufstellen. Nur dann hast du nicht mehr das Gefühl, dass …«, Robin überlegt einen Moment und fährt dann fort, »… dass dich alles um dich herum bedroht, verstehst du?«

Ich bleibe einen Moment liegen und lasse die Worte meines Freundes auf mich wirken. Robin hat so etwas Unerschütterliches, so Sicheres, er weiß auf alles eine Antwort! Irgendwie ist das tröstlich. Wie froh ich bin, ihn zu haben. Und an dem, was er sagt, muss etwas dran sein, denn bei ihm läuft es viel besser als bei mir, in der Schule, hier zu Hause, und selbst die Mädchen scheinen ihn zu mögen. Sogar Lina hat ihn letztens so angesehen, dass ich mir, nicht zum ersten Mal, heftig gewünscht habe, mit Robin zu tauschen und sein Leben zu leben.

»Und wie mache ich das?«, frage ich ein wenig kläglich.

»Kein Problem, ich zeige es dir, das kann man lernen«, verspricht Robin eifrig. »Mein Ordnungsblog ist ein guter Anfang. Da geht es auch um so etwas wie Listen und Pläne und …«

In diesem Moment klingelt es an der Haustür. Robin springt auf, um zu öffnen. Kurze Zeit später erklingt Linas Stimme im Flur.

Ich schnelle hoch, setze mich kerzengerade hin und streiche meine Haare glatt. Ach ja, Lina kommt heute, wie konnte ich das auch nur eine Sekunde vergessen! Sie will mit uns den Ordnungsblog planen, das ist meine Chance!

Als sie und Robin ins Zimmer zurückkommen, sitze ich schon am Schreibtisch und gucke genauso konzentriert in den Computer wie eben noch Robin. *Schaffe Raum mit innovativen Ablagesystemen* steht da.

Mein konzentrierter Blick wird zu einem dümmlichen Blick. Was meint Robin damit denn nur? Das einzige Ablagesystem, das ich kenne, ist der Haufen unter meinem Bett, aber okay, da scheint es noch etwas zu geben.

Lina jedoch ist wohl schon viel besser eingearbeitet als ich. »Ich habe gerade einen ganz tollen Hack gesehen«, schwärmt sie, während sie das Bett glatt streicht, geziert darauf Platz nimmt und die Beine übereinanderschlägt. »Damit spart man unheimlich viel Platz im Kleiderschrank!«

»Erzähl!« Mit weit aufgerissenen Augen sieht Robin sie so gespannt an, als habe sie ihm gerade angekündigt zu verraten, wie man aus Hundekacke Gold machen kann.

Verheißungsvoll lächelnd greift Lina in ihren Schulterbeutel und hält schließlich triumphierend etwas Silbernes in die Höhe. Das kann doch nicht sein, ich gucke genauer hin, doch: Es ist ein Getränkedosenverschluss. Genial.

»Hast du mal zwei Kleiderbügel?«

Robin springt bereitwillig auf und bringt ihr welche. Ein Blick in seinen Kleiderschrank zeigt mir, dass dort ganz sicher kein Ablagesystem mehr notwendig ist. Lina stülpt den Metallring der Getränkedose über den Aufhängehaken des Bügels und erklärt: »An diesen Ring kann ich wieder einen Kleiderbügel hängen, daran wiederum einen Getränkedosenverschluss, wieder einen Kleiderbügel und immer so weiter. Dadurch hängen die Bügel unter- und nicht nebeneinander und nutzen den Raum viel besser!« Lina strahlt wie Lucia zum Lichterfest.

»Genial«, flüstert Robin ehrfürchtig.

Ich brumme etwas Undefinierbares und hoffe, dass es ähnlich bewundernd klingt.

»Ich habe aber auch so einiges an meiner Einrichtung verändert, wie ihr seht!«, verkündet Robin stolz, springt auf und zeigt weit ausholend durch sein Zimmer.

Jetzt ist es an Lina, verzückt zu flüstern. »Mega!«

Ich gucke mich um. Tatsächlich, das habe ich in meinem Weltschmerz ganz übersehen, Robins Zimmer hat sich seit meinem letzten Besuch total verändert: Nicht nur seine samtene, graue Bettdecke mitsamt den pinken und knallgrünen Kissen ist neu, an den Wänden stehen auch Regale, die irgendwie selbst gemacht aussehen.

»Die habe ich aus alten Obstkisten gebaut«, erklärt Robin, als er meinen Blick bemerkt. »Und dann selbst lackiert!«

Ja, das Regal ist genauso grau, pink und knallgrün wie das Bett mit den Kissen. Überhaupt ist jetzt alles hier in genau diesen Farben, fällt mir auf, als ich meinen Blick kreisen lasse: der neue Wecker, die Stehlampe, der kleine Tisch, das Bild an der Wand, sogar die Blumen sind pink und die Äpfel knallgrün! »Ich hätte gern eine gelbe Banane«, sage ich gehässig, aber Robin sieht mich nur verständnislos an.

»Und was ist das hier?« Lina zeigt auf ein komisches Holzgestell auf Robins Nachttisch. In graugrün.

»Das ist auch selbst gebaut, die Anleitung habe ich aus dem Internet.« Robin wartet einen Moment hoffungsvoll ab, aber als weder ich noch Lina darauf kommen, um welches ausgeklügelte Teil es sich hier handeln könnte, setzt er schnell hinzu: »Das ist eine Halterung für mein Handy. Da stelle ich es abends hinein und es kann in Ruhe aufgeladen werden, ohne dass es einfach so herumliegt.«

»Toll!«, kreischt Lina ekstatisch. »Und wie machen wir jetzt weiter?«

»Wir könnten einen Redaktionsplan für unseren Ordnungsblog erstellen, dachte ich.« Robin klatscht vor lauter Vorfreude in die Hände, so ausgelassen habe ich ihn schon lange nicht mehr erlebt. »Diese Woche fangen wir mit verschiedenen Ablagesystemen an und dann …«

Es wird ein langer Nachmittag, an dem wir alle gemeinsam auf dem grauen Bett mit den pinken Kissen sitzen und knallgrüne Äpfel knabbern. Lina hat sich offensichtlich wieder eingekriegt, sie ist sogar richtig nett zu mir, aber trotzdem fühle ich mich irgendwie ausgeschlossen. Sie und Robin spielen sich die Bälle wie ein seit Jahren zusammengewachsenes Team hin und her, während ich als ungeschickter Balljunge versuche, meinen Beitrag zum Spiel zu leisten. Zu einem Spiel, von dem ich noch nicht einmal weiß, wie es geht.

ECHTE PROBLEME

Die Empfindung von Peinlichkeit setzt ein Ich-Bewusstsein und Einfühlungsvermögen voraus: Man muss sich die Gedanken der anderen, die einen beobachten, vorstellen können. Das ist bei sozialen Tieren der Fall, bei denen Peinlichkeit eine wichtige Funktion erfüllt. Wenn zum Beispiel ein Affe beim Klettern vom Baum fällt, könnte seine Horde glauben, er sei verrückt, und ihn daraufhin verstoßen. Zeigt er aber, dass es ihm peinlich ist, demonstriert er, dass es nur ein Missgeschick war und er eigentlich »normal« ist.

Heute Morgen spritzte mir beim Öffnen des Bechers eine ganze Ladung Joghurt ins Gesicht.

Auf dem Weg zur Schule sprang meine Fahrradkette ab und es dauerte so lange, bis ich sie wieder aufgezogen hatte, dass ich zu spät kam und meinen dritten Klassenbucheintrag kassierte.

Als ich Robin mit dem gewohnten Schlag auf die Schulter begrüßte, machte der ein schlimmeres Gezeter als eine Oma beim Weltuntergang. Dabei war meine Hand nur noch ein ganz kleines bisschen ölverschmiert.

Im Physikunterricht hätte ich eigentlich eine Präsentation halten sollen. Aber ich hatte meine Karteikarten vergessen, an denen ich gestern den ganzen Nachmittag lang gearbeitet hatte.

Jetzt bin ich so richtig schlecht drauf. Das ist schließlich auch kein Wunder, wenn einfach alles schiefläuft. Mit jedem Pedaltritt nach unten steigt diese unfassbar große Wut weiter in mir auf, als würde ich sie durch die Bewegung nach oben pumpen. Gleich ist der gefährliche Pegelstand erreicht, kurz bevor es zu einer alles zerstörenden Überflutung kommt.

Mit quietschenden Bremsen halte ich vor unserem Haus, schmeiße das Rad einfach hin, rase die barrierefreie Treppe hoch und klingle Sturm. Als mir nach dem Bruchteil einer Sekunde immer noch niemand geöffnet hat, fummle ich entnervt meinen eigenen Schlüssel aus der Tasche und stürze mich schließlich in unsere Wohnung, als hätte jemand zum Angriff auf Feindesland geblasen.

Klette empfängt mich mit einem provozierenden Ruckeln. Ich stürme weiter in die Küche. »Du musst deine eigenen Regeln aufstellen«, war es nicht das, was Robin gesagt hat? Dann wollen wir gleich mal damit anfangen und aus dieser Werkstatt für Behindertensport einen Raum machen, in dem man sich ganz entspannt Käsebrote schmieren kann! Entschlossen beginne ich, alles Umherliegende, das nicht der Zubereitung von Speisen dient, in einen leeren Karton zu schmeißen, der einfach so in einer Ecke steht und jetzt wenigstens einen Zweck erfüllt.

»Karli, was machst du da?«

Ich drehe mich um. Im Türrahmen stehen und sitzen Mama und Papa und sehen mich entgeistert an.

»Ordnung, sieht man das nicht?!«, herrsche ich sie an. »Sonst habe ich irgendwann einmal Schrauben statt Käse auf meinem Brötchen!« Und als Mama und Papa nur verdutzt gucken, brülle ich weiter: »Wenn es hier überhaupt noch Brötchen gibt!« Dummerweise überschlägt sich dabei meine Stimme und beginnt auch noch merkwürdig zu kieksen, was die Wirkung meines Wutausbruches ziemlich beeinträchtigt.

Mama und Papa sehen sich grinsend mit diesem verständnisvollen Blick an, den ich so hasse, diesem Das-dürfen-wir-ihm-nicht-übel-nehmen-Blick, dem Das-ist-das-Alter-da-sind-die-Jugendlichen-so-schwierig-Blick. Ich könnte hochgehen wie eine Pershing!

»Wir können dir doch helfen, zum Beispiel die Marmeladen in der Vorratskammer nach dem Alphabet sortieren«, bietet Mama mit sanfter Stimme an. Von Papa ist ein unterdrücktes Kichern zu hören.

Das reicht jetzt. Ich mache auf dem Absatz kehrt und schiebe mich unsanft an den beiden vorbei in den Flur. Mein Blick fällt wieder auf Klette. Der kommt mir gerade recht, das ist doch ein guter Anfang, Klette kommt in den Keller, wo er kein Unheil mehr anrichten kann!

Ich packe den Rollstuhl, reiße die Wohnungstür auf und will ihn mit Schwung in den Flur schieben. Doch im allerletzten Moment bremse ich ihn doch noch ab, denn dort steht jemand. Jona.

»Was machst du denn hier?« Verwirrt sehe ich sie an. Waren wir miteinander verabredet? Ich kann mich nicht erinnern.

»Ja, hallöchen, wen haben wir denn da?«, ertönt es hinter mir. Papa quetscht sich neben mich und außerdem spüre ich, wie Mama über meine Schulter linst.

Jona lächelt beide freundlich an.

»Bist du eine Freundin von Karli? Möchtest du nicht hereinkommen? Wir wollten gerade Marmelade sortieren.« Wieder dieses alberne Gegacker, diesmal von Mama.

»Gebt euch keine Mühe, sie kann euch nicht hören, sie ist tauber als ein Backstein.« Noch während ich das sage, greife ich nach meiner Jacke. Bloß weg hier.

»Ach, das ist aber interessant«, ruft Papa begeistert und brüllt dann in der Lautstärke eines Bulldozers: »KOMM DOCH HEREIN, WIR KÖNNTEN ZUSAMMEN EINEN KAKAO TRINKEN.«

»Schreien hilft da auch nicht.« Ich greife Jona am Arm und ziehe sie mit mir durch den Flur und die Treppe hinunter.

Draußen stampfe ich wütend den Gehweg entlang, Jona neben mir kann nur mühsam Schritt halten. »Tut mir leid, aber das ist gerade echt ungünstig, Jona, ich bin wirklich mies drauf, das hat aber nichts mir dir zu tun, nicht, dass du das falsch verstehst …« Unablässig schimpfe ich vor mich hin, bis mich Jona am Ärmel packt, festhält, sich vor mich stellt, wild gestikuliert und mich fragend anguckt.

Seufzend schaue ich mich um und zeige auf eine Parkbank, die ein Stück weiter die Straße hinunter steht. Jona nickt und gemeinsam steuern wir darauf zu.

Wir setzen uns so hin, dass wir uns genau ins Gesicht sehen können. Ich muss erst einmal wieder zu Atem kommen. Jona legt mir beruhigend eine Hand aufs Knie, deren Wärme sofort durch meine Jeans dringt. Schön ist das. Und es tut gut.

Ich betrachte sie genauer. Ihr Gesicht ist ganz anders als alle Gesichter, die ich bisher gesehen habe. Ich brauche einen Moment, um darauf zu kommen, was es so besonders macht, dann wird mir klar: Es ist nicht nur einfach eine Ansammlung von zwei Augen, Nase und Mund mit Wangen und Haut dazwischen, sondern Jonas Gesicht erzählt Geschichten. Immer ist es in Bewegung, hier geht eine Braue hoch, da verzieht sich ein Mundwinkel oder weiten sich fragend die Augen – Jona spricht mit ihrem Gesicht und auch mit ihren Händen, die wie kleine Vögel umherschwirren und in perfektem Zusammenspiel mit ihrer Mimik mehr ausdrücken können als so manche Quasselstrippe.

Jetzt erst fällt mir etwas anderes auf. »Kannst du eigentlich auch nicht sprechen?« Unwillkürlich werde ich genau wie Papa lauter, als ich diese Frage stelle.

Jona sieht mich einen Moment mit gerunzelten Augenbrauen an, seufzt dann und schüttelt den Kopf. Sie holt ihr Handy hervor und tippt einen Text ein, den sie mir hinhält:

Sage es ohne Ton und in kurzen Sätzen.

Ich stutze, versuche es aber und verstehe sofort. Automatisch mache ich viel deutlichere Mundbewegungen, wenn ich den Ton weglasse. »Kannst du nicht sprechen?«, wiederhole ich also lautlos grimassierend und hoffe nur, dass uns niemand beobachtet.

Jona verdreht die Augen.

Wenn man nicht hören kann, ist es sehr schwer,
sprechen zu lernen.

Ja, das leuchtet mir ein. Willi, Mamas kleiner Neffe, plappert tatsächlich unaufhörlich nur das nach, was man ihm vorsagt. Ich starre Jona an und druckse ein bisschen verlegen herum. Mich interessiert noch etwas, brennend sogar, aber ich möchte sie nicht beleidigen.

Jona schaut mich auffordernd an. Also traue ich mich.

»Willst du nicht lieber anders sein?«

Jona zieht fragend die Augenbrauen hoch.

»Ich meine – möchtest du nicht lieber normal sein?«

Die Augenbrauen wandern noch ein Stück höher.

Was ist normal?

Das ist doch eigentlich ganz klar. Aber wenn ich es in so kurzen Sätzen formulieren muss, klingt es irgendwie blöd.

»Normal ist, wenn man so ist wie die anderen.«

Wie sind die anderen?

»Na ja, nicht so auffällig.«

Bin ich auffällig?

»Klar, du kannst nicht hören.«

Kannst du alles?

Oh Mann, ich glaube, Jona würde sich mit Papa super verstehen. »Aber wenn du es dir aussuchen könntest«, beharre ich. Plötzlich fällt mir ein schlagendes Argument ein. »Du könntest dann auch Musik hören!«

Lächelnd greift Jona meine Hand und beginnt heftig mit dem Fuß aufzustampfen. Sofort überträgt sich der Rhythmus bis in meine Fingerspitzen. »Du spürst die Musik, meinst du?«

Jona nickt und tippt.

Am besten ist es im Auto, wenn das Radio voll aufgedreht ist. Dann kann ich nicht still sitzen.

Lachend bewegt sie sich zu einem lautlosen Lied. In einem Auto voller Gehörloser zu sitzen, ist bestimmt eine ganz spezielle Erfahrung. Vor allem, wenn einer von ihnen fährt.

Was ist mit dir? Möchtest du anders sein?

»Ich eigentlich nicht«, antworte ich nach einer kleinen Weile, »aber …« Ich stocke.

Jonas Hände fordern mich auf weiterzusprechen.

»Zu Hause sind alle … komisch.«

Jonas Gesicht fragt, warum.

»Meine Mutter ist ziemlich dick …«

Jona zuckt mit den Achseln.

»… mein Vater kann nicht laufen …«

Ja und?, meinen die Hände.

»… und mein Onkel weiß nicht, ob er ein Mann oder eine Frau ist.«

Jetzt lächelt Jona breit.

Die würde ich alle gern kennenlernen.

Mein Gesicht verfinstert sich. Jona hat gut lachen. Das hört sich vielleicht alles ungeheuer witzig an, aber nur von außen betrachtet. Ganz anders ist es, wenn diese wunderbare Familie mit zum Sommerfest kommt und sich die übergewichtige Mutter zum fünften Mal in die Schlange vor den Grill einreiht oder der Vater beim Eltern-Kinder-Fußballspiel darauf besteht mitzumachen und dann aus Mitleid mitsamt seinem Rollstuhl ins Tor gestellt wird. Von Onkel Holger will ich erst gar nicht reden. Ja, das ist alles sehr lustig, aber nur für die anderen, denn man selbst muss diese Blicke aushalten, dieses Gegaffe, als sei man ein pinker Frosch inmitten brauner Lurche. Ich habe das so satt.

Und jetzt auch noch Jona. Ich versuche, ganz unschuldig zu gucken, aber leider versteht sie meine Gedanken so schnell, als hätte ich sie mit Leuchtschrift an eine Hauswand gebeamt.

Nun gleitet auch über ihr Gesicht ein Schatten, noch tiefer als meiner.

Und jetzt komme ich noch.

»Ach Quatsch«, beginne ich, aber da hält Jona schon die nächste Mitteilung hoch.

Noch jemand, der »nicht normal« ist.

Und auffällt.

Und dir peinlich ist.

Ich weiß nicht, was ich darauf sagen soll, denn irgendwie stimmt es ja. Also lasse ich es lieber. Aber es ist ohnehin zu spät, Jona ist schon aufgesprungen und hält mir eine letzte Handybotschaft hin, bevor sie sich umdreht und geht.

Arschloch.

EINEN PLAN HABEN

Tiere reagieren auf Belohnung besser als auf Strafe. Eine besondere Herausforderung ist der sogenannte »Belohnungsaufschub«: Das bedeutet, dass ein bestimmtes, mit Anstrengung verbundenes Verhalten nicht sofort, sondern verzögert belohnt wird. Tintenfische haben es in einem Experiment geschafft, bis zu zwei Minuten auf eine schmackhafte Garnele zu verzichten, wenn sie nach Ablauf dieser Zeit stattdessen zwei bekommen. Die Tiere, die sich beherrschen konnten, stellten sich später als besonders lernfähig heraus.

Als ich an diesem Morgen in die Schule komme, klebt Robin vor dem Schwarzen Brett in der Aula. So dicht steht er vor einem dort angepinnten Plakat, dass ich einen Moment fürchte, er könnte über Nacht sein Augenlicht verloren haben. Ein Blinder fehlt mir schließlich noch in meiner Sammlung.

Mein bester Freund dreht sich mit einem Gesichtsausdruck zu mir herum, als sei ihm gerade die Heilige Jungfrau Maria höchstpersönlich erschienen. Oder Dua Lipa. »Guck doch mal, Karli«, wispert er verzückt.

Ich gucke. Und lese.

Endlich wieder:

Wettbewerb »Schönstes Klassenzimmer«

Vom 08. bis 12. November wird eine Jury am Nachmittag euer Klassenzimmer aufsuchen und bewerten.

Es winken tolle Preise, gestiftet von unserem Schulverein.

Worauf achtet die Jury?

Schulregeln, Leitbild, Ämter, Ordnung, Tische, Fenster, Boden, Wand- und Raumgestaltung, Whiteboard, Smartboard, Regale, Mülltrennung

Also: Lasst euch etwas einfallen und macht es euch schön!

»Och nö.« Ich lege einen Arm um Robins Schultern und bugsiere ihn sanft in Richtung Klassenzimmer. »Wir haben doch schon den Ordnungsblog! Meinst du nicht, das reicht langsam? Sonst brauche ich bald Ablagesysteme für mein übervolles Hirn. Und die ›tollen Preise‹ sind bestimmt sowieso nur wieder Ein-Euro-Gutscheine für den Discounter.« Das brauche ich wirklich nicht auch noch, ich habe genug mit anderen Dingen zu tun. Damit, dass sich Jona nach ihrem nicht gerade netten Abgang nie wieder bei mir gemeldet hat, zum Beispiel.

»Aber es geht doch gar nicht um die Preise, Karli!« Robin packt mich aufgeregt am Arm. »Das hier ist ja wohl etwas viel Größeres! Wir können das Klassenzimmer total umkrempeln, ganz neu gestalten, wir können all das ausprobieren, was wir in unserem Blog empfehlen! Und dann dokumentieren wir es und beweisen, dass es funktioniert, dass alles besser und harmonischer wird, wenn man nur bestimmte Dinge beachtet!« Mit leuchtenden Augen gerät Robin so heftig ins Schwärmen wie Romeo vor dem Balkon von Julia. Nur ist diese Geschichte nicht gerade ein Musterbeispiel für eine erfolgreich durchgeführte Unternehmung.

Und auch hier habe ich meine Zweifel. Ich glaube nicht, dass sich unsere Klassenkameraden so leicht überzeugen lassen. Denn immerhin ist so ein Wettbewerb mit erheblichem Aufwand verbunden, auch »Arbeit« genannt, und das ist nicht unbedingt jedermanns Stärke.

Mit dieser Einschätzung liege ich genau richtig, denn als Herr Özcan kurze Zeit später das Plakat auch in unserem Klassenzimmer aufrollt und an die Wand pinnt, ist die sofort einsetzende Reaktion mehrheitliches, lautes Gemurre.

»ENDLICH wieder? SCHON wieder!«

»Mülltrennung? Kein Problem!« Ein Bonbonpapier-Kügelchen wird nach vorn geschnipst.

»Ämter? Dann will ich auch mehr Urlaub!«

Auf jede reingerufene Bemerkung folgen lautes Johlen und Grölen. Robin und Herr Özcan seufzen und gucken gleichermaßen verzweifelt.

Schließlich hebt unser Lehrer mahnend die Hände. »Jetzt beruhigt euch doch mal! Ihr wisst ja noch gar nicht, wie es ablaufen soll. Das ist wirklich eine tolle Sache! Ihr könnt hier gemeinsam etwas schaffen und gleichzeitig kann sich auch jede und jeder Einzelne ganz besonders auszeichnen!«

»Wie denn? Den Boden sauber lecken, auf dem vorher alle herumgetrampelt sind?«

So lustig ist das eigentlich gar nicht, aber die Klasse ist inzwischen so aufgestachelt, dass der darauffolgende Heiterkeitsausbruch kaum noch zu stoppen ist.

Herr Özcan stützt sich so erschöpft auf das Lehrerpult, als hätte er gerade sämtliche Steine der Cheopspyramide herangeschafft. Er wartet ab, bis seine Stimme wenigstens eine minimale Chance hat, durch den Lärm zu dringen. »Wie ich schon versucht habe zu erklären, wird von der Jury die Gesamtleistung der Klasse beurteilt. Ihr sollt euch also untereinander abstimmen und die Gestaltung des Klassenraumes zu einem stimmigen Gesamtergebnis führen.« Prophylaktisch hebt Herr Özcan mahnend beide Arme und lässt sie überrascht sinken, als sich kein Widerstand mehr regt. Wahrscheinlich hört schon niemand mehr zu. »Zusätzlich können sich einzelne Schülerinnen und Schüler mit besonderen Ideen oder regelmäßigem Einsatz bewähren: Es werden in den folgenden Wochen Listen hier im Klassenzimmer ausliegen, in denen jede und jeder eintragen kann, was er oder sie geleistet hat: Tafel wischen, Fenster putzen, Regale neu ordnen, so etwas. Noch Fragen?« Herr Özcan schaut mit einem Gesichtsausdruck in die Runde, der zeigt, dass er dieses Thema schnellstmöglich beenden möchte. »Ja, Ben?«

»Was gibt es denn für ›tolle Preise‹?«

»Moment, ich glaube, das waren …«, murmelt Herr Özcan und wühlt in einigen Blättern auf seinem Pult, »… ich glaube, das waren Penny-Gutscheine.«

Ben, Tom und Shahin lassen sich demonstrativ heftig aufstöhnend nach hinten fallen und kippen synchron mitsamt ihren Stühlen um.

»Ah, da habe ich es!« Herr Özcan hält sich eines der Blätter dicht vors Gesicht. »Ja, tatsächlich, es gibt Discounter-Gutscheine, Sticker mit dem Schullogo und, ach, das ist ja toll, Denksporthefte mit Bereichen aus allen Schulfächern.« Herr Özcan strahlt uns an wie eine Discokugel im Flutlicht.

Das Dreigestirn macht keinerlei Anstalten aufzustehen, sondern stöhnt einfach auf dem Boden weiter.

»Gibt es denn gar keinen Hauptgewinn? Ich meine, für den Listensieger oder so?« Eigentlich möchte ich mit meiner Frage nur Interesse heucheln und damit Robin ein wenig trösten, der stumm und ergeben dasitzt und wohl schon jede Hoffnung auf diesen Wettbewerb aufgegeben hat.

»Warte mal.« Mit gerunzelter Stirn überfliegt Herr Özcan das Blatt erneut. »Doch, hier haben wir es.« Dann liest er mit leiser Enttäuschung in der Stimme vor: »Der oder die Siegerin der Liste erhält zusätzlich zum Klassen-Hauptgewinn zwei Karten zum nächsten Konzert der ›Golden Devils‹.«

Jemand muss plötzlich der Welt den Ton abgedreht haben. Absolute Stille folgt auf Herrn Özcans Worte, bis auf die leichten Krabbelgeräusche, als Ben, Tom und Shahin mit hochroten Köpfen unter ihren Tischen hervorkommen. Wir alle starren unseren Lehrer fassungslos an. Wie um alles in der Welt konnte er uns diese Nachricht von solch globaler Tragweite nur so lange vorenthalten?

Der Ton wird wieder angestellt und wildes Geschrei erhebt sich.

»Klare Sache, ich bin dabei!«

»Wo liegt die Liste?«

»Ich putze die Fenster! Die Fenster sind meine! Ich habs zuerst gesagt!«

In mir breitet sich das Ganzkörperlächeln eines Honigkuchenpferdes aus. Sollen die anderen doch machen und sich vordrängeln, mich lässt das vollkommen kalt. Denn mir ist klar, wer hundertprozentig Listensieger werden wird. Sanft lege ich meine Hand auf Robins Schulter und beuge mich zu meinem Freund. »Sag mal, du machst dir doch nichts aus Musik, oder?« Und als Robin bestätigend nickt, fahre ich überaus freundlich fort: »Dann würdest du doch bestimmt mir die beiden Konzertkarten überlassen, falls du gewinnst, oder?«

»Klar, kein Problem«, antwortet Robin leichthin.

Na also. Hochzufrieden lehne ich mich zurück. Ich habe einen Plan, endlich, an genau der richtigen Stelle in meinem Leben! Bis eben dachte ich, nichts geht mehr, game over, die Karre sitzt im Dreck. Falsch gedacht! Dieser Wettbewerb wird ein Wendepunkt in meinem Leben, von nun an geht es aufwärts! Mit Robins Hilfe gewinne ich die Karten und lade Lina zum Konzert der »Golden Devils« ein! Dankbar wird sie sein, nein, anhimmeln wird sie mich dafür!

Alles wird gut. Da bin ich ganz sicher.

WELT DER WUNDER

Eine der wichtigsten Emotionen auch bei Tieren sind Enttäuschungen. Sie sollen unbedingt vermieden werden. Daher wird manches Mal in sozialen Beziehungen auf Kämpfe verzichtet – man gibt sich vorschnell »geschlagen« und erkennt sich dem anderen als unterlegen an. So kann die Situation kontrolliert und die Enttäuschung umgangen werden.

Die wirklich tiefgreifenden Veränderungen in deinem Leben kündigen sich nicht mit der Wucht eines Vulkanausbruchs an, der glühende Lava zum Himmel spuckt und dabei auch noch die Erde zum Beben bringt. Nein, ganz harmlos und unscheinbar kommen sie daher. Zum Beispiel in Form einer ungeöffneten Packung Haferkekse, wie ich sie gerade im Mülleimer gefunden habe.

Ungläubig klaube ich sie aus dem Eimer. Warum wirft Mama ihre Kekse weg? Hatte sie einen völlig neuartigen Anfall von Diätwahn? Nein, ausgeschlossen, das kann nicht sein, eher würde ein Elefant in eine Mäuse-Unterhose passen. War es Papa? Oder Onkel Holger? Noch unwahrscheinlicher, die drei halten doch zusammen wie Pech und Pailletten.

Ratlos schmiere ich mir erst mal ein Käsebrot. Als ich kurz darauf mampfend am Küchentisch sitze, fällt mir plötzlich auf: Ich habe mir EIN KÄSEBROT GESCHMIERT, einfach so, ohne Schrauben, die ich erst zur Seite schieben, und ohne Werkzeug, das ich erst aus dem Weg räumen musste. Es waren sogar Tomaten da, am dafür vorgesehenen Platz! Und überhaupt, es ist so merkwürdig still in der Wohnung, nichts scheppert, knirscht oder knackt, es rollt nicht einmal etwas. Vor Schreck bleibt mir ein Stück Brot im Hals stecken. Was ist denn bloß los? Hier stimmt doch etwas nicht!

Ich stürze ins Wohnzimmer. Dort sitzen sie alle versammelt auf dem Sofa, Mama, Papa und Onkel Holger, wie die Hühner auf der Stange. Schweigend, irgendwie betreten starren sie auf den Couchtisch. Da liegt etwas, ein zusammengeknüllter Zettel. Mit wenigen Schritten bin ich beim Tisch und streiche das Papier glatt, wobei meine Finger an den Flecken kleben bleiben, die überall auf dem Zettel verteilt sind. Igitt, wo kommt der denn her, wurde er etwa aus dem Müll gefischt?

Ja, wurde er. Denn jetzt erkenne ich das Blatt Papier wieder: Es ist die Einladung zum Klassenfest, die ich vor einigen Tagen selbst im hohen Bogen in den Abfall befördert habe. Nun starre ich genauso betreten darauf.

Schließlich unterbricht Papas Räuspern die unbehagliche Stille. »Das da hat Mama heute Vormittag gefunden«, erklärt er heiser und ergänzt: »Als sie die Haferkekse weggeworfen hat.«

»Warum hast du das getan?«, frage ich alarmiert nach.

»Sie waren abgelaufen«, antwortet Mama düster. Dann holt sie tief Luft und schiebt hinterher: »Du hast uns die Einladung zum Klassenfest nicht nur nicht gegeben. Nein, schlimmer noch, du hast ganz bewusst dafür gesorgt, dass wir sie nicht bekommen.«

Ich begnüge mich wieder mit auf den Tisch starren, bis Papa ergänzt: »Du willst nicht, dass wir mitkommen.«

Onkel Holger setzt ebenfalls mehrfach an, etwas zum Gespräch beizutragen, bringt aber keinen Ton heraus. Schließlich schafft er es doch und was er dann sagt, hat die Sprengkraft einer Tonne Nitroglycerin: »Du schämst dich für uns.«

Drei weit aufgerissene, traurige Augenpaare richten sich auf mich. Kraftlos lasse ich mich in einen Sessel fallen und schicke meine Nervosität in die Hände, die wieder und wieder versuchen, die verräterische Einladung glatt zustreichen. Die klebrigen Stellen färben sich dabei jedes Mal etwas dunkler. Schließlich gebe ich es auf. Was einmal so sehr zerknittert ist, bekommst du nie wieder ganz glatt, es werden immer Spuren bleiben.

»Okay, wir habens kapiert.« Mit einer Hand deutet Mama durchs Wohnzimmer. Jetzt bemerke ich, dass auch hier alles verschwunden ist, was nicht in ein ganz normales Wohnzimmer einer ganz normalen Durchschnittsfamilie gehört: Papas Trainingsgeräte, Mamas neue Konstruktionen, alles weg. Sogar Klette ist verschwunden.

»Ich habe ihn in den Keller gebracht«, liest Onkel Holger meinen Blick ganz richtig, und er klingt, als würde er sagen: »Ich habe ihn für immer bei Wasser und Brot in ein einsames Verlies gesperrt.«

Zu gern würde ich etwas sagen, aber mir fällt nichts halbwegs Schlaues ein. Ich muss plötzlich an Jona denken. Seit dem Gespräch auf der Bank ist sie nie wieder aufgetaucht. Ach egal, ist das vielleicht meine Schuld? Soll sie doch bleiben, wo der Pfeffer oder alle anderen Gewürze der Welt wachsen, ich kann doch nichts dafür, wenn sie so empfindlich ist. Trotzdem halte ich jetzt lieber mal den Mund.

Entschlossen richtet sich Mama auf. »Jedenfalls haben wir uns beraten und einen Entschluss gefasst.«

Ups.

»Wir werden zu diesem Klassenfest gehen, alle zusammen. Und Karli«, mit diesen Worten beugt sich Mama so weit vor, wie es ihr Bauch gerade zulässt, »du brauchst dir gar keine Sorgen zu machen. Das wird ein schönes Fest, für alle, auch für dich. Wir werden dich nicht blamieren.«

Es geschehen noch Zeichen und Wunder. Halleluja.

EIN WAHRES FEST

Die Haut ist ein Sinnesorgan, das beim Heranwachsen große Veränderungen auslösen kann. Entscheidend dafür ist Körperkontakt mit anderen: Der führt zu erheblichen Umbauten im Gehirn, und zwar in der Region, die die Berührungssignale von den Geschlechtsorganen verarbeitet. An weiblichen Jungratten hat man nachgewiesen, dass diese früher in die Pubertät kommen und geschlechtsreif werden, wenn sie Körperkontakt mit männlichen Artgenossen haben.

Vierzehn Arme strecken sich, die Handflächen nach oben, uns entgegen, in ungefähr zehn Meter Abstand. Ich schaue unsere Reihe entlang: Da es von rechts nach links geht, bin ich erst als achter dran, Ben und Shahin sind noch vor mir.

»Ey«, zische ich und remple Jonas direkt neben mir so heftig an, dass er gegen Till prallt, der wiederum gegen Josua fällt und schließlich den Stoß an Ben und Shahin weitergibt.

»Spinnst du?« Sauer sehen mich alle an.

»Finger weg von Lina«, zische ich.

Ben verdreht die Augen. Er nimmt wahrscheinlich sowieso Lilly, aber bei Shahin bin ich mir nicht sicher, er guckt irgendwie ertappt. Also werfe ich ihm noch einen extra warnenden Blick zu.

Es geht los mit unserem Spiel »Abklatschen«, das »für viel Spaß auf dem Klassenfest sorgen wird« und ganz nebenbei »das Gemeinschaftsgefühl stärkt«, wie uns Herr Özcan heute Morgen vergnügt erklärt hat. Da nimmt unser Lehrer auch schon Aufstellung, die Trillerpfeife bereits im Mund. Ich schaue noch schnell über meine Schulter, dorthin, wo Grill und Buffet aufgebaut sind und alle Eltern mit Tellern und Gläsern in der Hand stehen und sich unterhalten.

So richtig kann ich es immer noch nicht glauben: Schon zwei geschlagene Stunden sind wir hier, und NICHTS ist passiert: Mama hat sich NICHT fünfmal am Grill angestellt, sondern tunkt statt eines weiteren Würstchens, zugegebenermaßen nicht gerade glücklich, ihre zehnte Scheibe Toastbrot in eine riesige Ketchup-Lache, Papa macht NICHT die leisesten Anstalten, zu uns aufs Spielfeld zu fahren, und Onkel Holger trägt NICHTS, was stärker glitzert als Sternenstaub im Feenland, im Gegenteil: Er hat sich in einen Anzug mit Hemd und Krawatte gezwängt, vielleicht ein wenig overdressed für ein Grillfest, aber der gute Wille zählt doch. Den braucht er auch, sehr sogar, denn als er von Bens Eltern nach seinem Namen gefragt wird, presst er ein kaum zu verstehendes »Holger« zwischen seinen Zähnen hervor.

Irgendwie bin ich gerührt, sie geben sich alle so viel Mühe. Und die wird tatsächlich belohnt: Meine Familie steht einfach da und unterhält sich mit den anderen Eltern, total normal! Jetzt kommt sogar Robins Mutter und stellt sich freundlich lächelnd dazu, offensichtlich nicht weniger erstaunt! Ich muss nicht eingreifen, erklären oder beschwichtigen, sondern werde vollkommen in Ruhe gelassen. Super, dann kann ich mich jetzt den wirklich wichtigen Angelegenheiten widmen. Lina zum Beispiel.

In diesem Moment sprintet Ben los. Erst klatscht er die ausgestreckte Hand von Moritz ab, dann die von Leo, und als dritte, habe ich mirs doch gedacht, die von Lilly! Die muss jetzt, als letzte der drei, Ben jagen, der sich schon umgedreht hat und zu uns zurückläuft. Wenn sie ihn erwischt, bevor er sich wieder in unsere Reihe stellen kann, muss er die Mannschaft wechseln und zu den anderen hinüber. Allerdings ist mir jetzt schon klar, dass er es NICHT schaffen wird. Denn im Gegensatz zu Herr Özcan weiß ich genau, was an diesem Spiel das Gemeinschaftsgefühl wirklich stärkt.

Es ist so weit, ich bin dran! Also sprinte ich los, klatsche wahllos auf zwei der ausgestreckten Hände, ich glaube, es sind die von Svenja und Tom. Die dritte aber habe ich die ganze Zeit genau im Blick und sie ist jetzt an der Reihe: Sanft klatsche ich Lina ab, eigentlich lege ich eher meine Hand in ihre und versuche es zusätzlich mit einem tiefen und bedeutungsschweren Blick. Dann drehe ich mich um und bewege mich so »schnell« auf meine Mannschaft zu, dass zumindest eine Schnecke keine Chance gegen mich hätte. Mein Plan geht auf: Lina holt mich ein und schlingt fest ihre Arme um mich. Sie drückt sogar noch ein bisschen zu und für einen kurzen Moment spüre ich ihren gesamten Körper direkt an meinem, mit geschlossenen Augen lasse ich mich in ihren blumigen Duft fallen. Wahnsinn! Ich bleibe einfach stehen, ganz bestimmt werde ich nicht versuchen, ihr zu entkommen, auch wenn das Gejohle und Gefeixe am Rand immer lauter wird. Schließlich löst Lina ihren Griff, zwinkert mir zu und ergeben wie ein Schoßhündchen trotte ich hinter ihr her zu ihrer Seite. Dass sie wiederum kurze Zeit später Robin als Drittes abklatscht und sich dann genauso von ihm fangen lässt, ignoriere ich lieber. Zufall. Mit uns beiden, das war etwas Besonderes.

Schöner kann dieser Tag eigentlich nicht mehr werden. Seinen krönenden Abschluss findet er dann doch, als alle abbauen und sich unser Klassenfest dem Ende zuneigt. Während ich die übrig gebliebenen Grillwürstchen in einer Dose verstaue, höre ich hinter mir Robins Eltern sagen: »Es war sehr schön, Sie alle einmal wiederzutreffen. Hoffentlich bis bald.«

Langsam drehe ich mich um und schnappe nach Luft: Damit war tatsächlich meine Familie gemeint!

Onkel Holger allerdings scheint nicht im Mindesten überrascht, wie mir sein ziemlich bitteres Lächeln verrät.

SIEG AUF DER HALBEN LINIE

Manche Tiere legen ausgeprägten Wert auf Sauberkeit. Schweine zum Beispiel teilen, wenn sie genug Platz haben, ihre Behausung in die Bereiche »Essen«, »Schlafen« und »Toilette« ein. Schimpansen haben erwiesenermaßen hygienischere Schlafstätten als wir Menschen: Während sich in unseren Betten viele Bakterien der Haut, aus dem Darm und Mund tummeln, fand man bei Schimpansen nichts dergleichen. Allerdings verwenden sie dazu einen Trick: Sie schlafen jede Nacht in einem neuen Nest. Schimpansen putzen also nicht, wenn es schmutzig wird, sondern ziehen einfach weiter.

Ich bin groß, ich bin stark, ich bin bereit! Es liegt in meinen Händen, her mit dem Zeug, blitzeblank wird alles, weggescheuert und aufgeräumt, draußen wie drinnen!

Dann bin ich aber doch ein bisschen verblüfft, als ich sehe, was Robin da so alles auspackt. Wie ein ausgebuffter Schmuggler holt er immer neue Tüten und Tuben aus den Untiefen seiner Taschen, dazu kommen noch weitere Utensilien wie Besen und Kehrblech, Müllbeutel, Einweghandschuhe, Küchenrolle, Katzenstreu … KATZENSTREU?

»Die beste Methode, um Erbrochenes zu beseitigen«, erklärt Robin, als er meinen Blick bemerkt. »Du kippst einfach etwas Streu darüber und schon kannst du alles auffegen und problemlos entsorgen. Und die Gerüche werden dabei auch gebunden.«

Seit wann wird bei uns im Klassenzimmer gekotzt, oder habe ich irgendwas verpasst?

»Und was ist das?« Ratlos zeige ich auf ein Ding, das entfernt an ein Stachelschwein erinnert.

»Das ist ein Schuhabstreifer!« Liebevoll streicht Robin über die nach oben gerichteten rauen Borsten. »Denn das Beste ist doch die Prävention, verstehst du? Wenn sich alle die Schuhe sauber machen, bevor sie hereinkommen, haben wir nachher nicht so viel Arbeit!«

Klar, Prävention. Verstehe ich. »Also, wo fangen wir an?« Voller Tatendrang kremple ich meine Ärmel hoch. Heute kommt es auf alles an. Morgen wird die Jury ihren prüfenden Rundgang durch die Klassenzimmer machen und danach die Siegerklassen bestimmen. Robin hat deswegen Herrn Özcan am Vormittag darum gebeten, noch einmal am Nachmittag in unser Klassenzimmer zu dürfen, um ihm den »finalen Schliff« zu geben, wie er sagte. Sehr schlau! Denn natürlich geht es morgen auch um die Listensieger. Unwillkürlich muss ich grinsen. Die Liste habe ich mir heute Morgen angeschaut: Trotz der dutzendfachen Einträge, die mehrere Seiten füllen, hat niemand eine Chance gegen Robin, das habe ich sofort gesehen.

Jetzt geht es also nur noch um letzte Details. Ich lasse meinen Blick durch den Raum schweifen: So richtig überzeugt mich das Resultat unserer wochenlangen Bemühungen allerdings noch nicht. Aber genau dafür sind wir ja hier.

»Ich habe gedacht, du kümmerst dich um die Tische«, beantwortet Robin nun meine Frage.

»Die Tische?« Ratlos kratze ich mich am Kopf. Die sind doch tatsächlich ausnahmsweise mal aufgeräumt.

»Ja, die sehen echt schlimm aus!« Robin zeigt auf diverse Kritzeleien (*Ich bin gegen Aufstehen!*) und klebrige Stellen, von denen ich gar nicht wissen möchte, was genau da anhaftet. Dann geht er auf die Knie und guckt darunter. »Und hier ist alles voller Kaugummis!«

Kaugummis? Ich soll auch noch diese uralten, vollgespeichelten, mit Zahnabdrücken übersäten weißen Klumpen entfernen? Bin ich Fossiliensammler? »Aber unterm Tisch sieht man die doch gar nicht«, wende ich zaghaft ein. Ein vernichtender Blick von Robin bringt mich jedoch schnell zum Verstummen.

Kurze Zeit später hocke ich also unter einem Tisch und starre angeekelt auf das erste Exemplar. Mit Todesverachtung richte ich Robins Vereisungsspray darauf und hülle es komplett in weißen Nebel. Danach rücke ich dem nun steinharten Brocken mit dem Ceranfeldschaber so unbarmherzig zu Leibe, dass er sich schnell ergibt und mit einem lauten Klacken zu Boden fällt. »Da klebt noch ein Rest«, habe ich kaum gerufen, als mir Robin zuverlässig wie eine

OP-Schwester schon das nächste Besteck anreicht: ein Radiergummi, mit dem ich auch noch die letzten sichtbaren Spuren entferne.

Jetzt bin ich nicht mehr aufzuhalten: Die Kritzeleien kriegen eins mit dem Nagellackentferner drauf, bis sie ihre Botschaften in einer anderen als dieser Welt verkünden müssen, und klebrige Stellen bearbeite ich mit einem Hochleistungsföhn, sodass sie durch die Hitze wieder flüssig werden und sich mühelos mit einem Küchentuch eliminieren lassen. Das tut so gut! Mit dem Blitzen und Blinken der Tische habe ich mehr und mehr das Gefühl, auch in mir alle ekligen Stellen zu entfernen. Sauber werde ich, glatt und schön, da ist nichts Dunkles und Schmutziges mehr, nichts, das irgendwie stören könnte, sei es mich oder die anderen.

Überaus stolz richte ich mich schließlich auf. Die Tische könnte man jetzt glatt als neuwertig verkaufen! Aber auch Robin hat ganze Arbeit geleistet, das muss man ihm lassen: Im gesamten Klassenzimmer liegt nicht nur kein Müll mehr herum, sondern sogar alle Schnipsel, die sich im Laufe der Jahre angesammelt und in die kleinsten Ritzen zurückgezogen haben, sind verschwunden! An den Wänden befinden sich drei exakt gleich große Naturbilder, der Fußboden ist frisch gebohnert, die Fensterbänke abgewischt und sogar die Blätter der Zimmerpflanzen wurden entstaubt – die sind ja grün! Der Materialschrank ist so aufgeräumt, als habe Robin die Kanten der Heftstapel mit Hilfe einer Wasserwaage ausgerichtet. Jetzt holt er auch noch eine Polaroid-Kamera heraus und macht ein Bild von dieser Pracht!

»Wofür ist das denn?«

»Das soll den anderen das Aufräumen erleichtern«, erläutert Robin, während er das Foto zum Trocknen hin- und herwedelt und es schließlich neben den Schrank an die Wand pinnt. »Dann bringen sie nicht wieder alles durcheinander und alles kommt an seinen perfekten Platz.«

Perfekt, genau das ist es! Der Listensieger steht so was von fest! Ich wische über meine verschwitzte Stirn und lächle Robin an. Glücklich und dankbar.

Am nächsten Morgen marschieren sie im Stechschritt herein wie ein Trupp Soldaten, ihre ernsten und wichtigen Mienen tragen sie zur Schau wie Gewehre. Die Uniformen allerdings können nicht alle überzeugen: Das Hemd von Hausmeister Schaluppe (warum ist der überhaupt in der Jury?) spannt so über der Wampe, dass es ein Stückchen Feinripp-Unterhemd freigibt. Dann sind da noch die Schulsekretärin, ein paar Lehrerinnen und Lehrer und natürlich die Schulleiterin, die ihre Rentner-Garderobe immer mit knallroten Sneakern aufzupeppen versucht.

Die ganze Klasse hält den Atem an, während die Jury alles genau inspiziert: die mit Bildern geschmückten Wände, den Fußboden (Schaluppe streicht prüfend mit dem Finger darüber!), die Zimmerpflanzen, den Materialschrank. Als die Schulleiterin tatsächlich unter die Tische späht, ist mein Triumph perfekt! Denn sie taucht sichtlich begeistert wieder auf und nickt den anderen Jurymitgliedern zu, die sich nun alle in eine Ecke zurückziehen und tuschelnd beratschlagen.

Schon bald ist das Ergebnis klar: »Wir freuen uns, euch mitteilen zu können, dass ihr und euer Klassenzimmer uns vollkommen überzeugen konntet!« Hier macht die Schulleiterin eine dramatische Pause, wohl um uns Gelegenheit zum Jubeln zu geben. Als der aber gänzlich ausbleibt, bekräftigt sie sichtlich irritiert: »Also, versteht ihr, ihr seid die Sieger des diesjährigen Wettbewerbes *Das ordentlichste Klassenzimmer!*«

Immer noch Stille.

»Und ihr werdet diese Preise bekommen!«, fügt sie verzweifelt hinzu und hält hektisch einen Stapel Hefte und Papiere hoch.

Herr Özcan sieht uns mahnend an und beginnt zu klatschen. Gehorsam fallen wir ein, es sind sogar vereinzelt »Bravo!«-Rufe zu hören, schließlich wollen wir es uns mit unserem Klassenlehrer nicht verderben. Denn der wird den Listensieger bestimmen.

Nachdem sich die Jury hoheitsvoll winkend wie die englische Königsfamilie verabschiedet hat, ist es endlich so weit und Herr Özcan knöpft sich die Listen vor. Leicht vornübergebeugt steht er am Pult, blättert in dem beachtlichen Stapel und liest leise vor sich hin murmelnd. Ich kralle mich aufgeregt am Tisch fest.

Schließlich richtet sich unser Lehrer auf und taxiert uns über den Rand seiner Brille hinweg. »Ich glaube, ihr habt da etwas missverstanden«, meint er bedächtig und nimmt die Brille ab, um nachdenklich auf einem der Bügel herumzukauen. »Listensieger wird nicht der oder die mit den meisten Einträgen, sondern mit den SINNVOLLSTEN.«

Entspannt lehne ich mich zurück und gebe den Tisch wieder frei. Genau so habe ich mir das gedacht.

»Zum Beispiel Ben.« Herr Özcan hört auf zu kauen und guckt wieder durch die Gläser, jetzt strenger. »Du hast laut deiner Einträge in den letzten zwei Wochen dreizehnmal die Fenster geputzt, also mehrfach täglich, einmal sogar …« Herr Özcan schaut in die Liste, »… dreimal am Tag.«

Normalerweise wäre jetzt höhnisches Lachen die natürliche Reaktion meiner Klassenkameraden, aber der Schock sitzt zu tief. Denn nun sind auch alle anderen fällig, das ist klar.

»Shahin hingegen hat zweiundzwanzigmal den Papierkorb ausgeleert.« Herr Özcan schaut wieder hoch und fügt süffisant hinzu: »Ich hoffe, die städtischen Mülldeponien können diese Menge noch bewältigen. Und Lina hat über dreißigmal das Smartboard gewischt. Na, da wundert es mich doch wirklich nicht, dass so viele von euch die Hausaufgaben nicht hatten, die dort angeschrieben waren.« Herr Özcan stützt sich schwer auf sein Pult und schüttelt bedauernd den Kopf. »Jungs und Mädels, so leid es mir tut, hier gibt es nur von einem Schüler Einträge, die von

Ordnungssinn und Organisationsfähigkeit zeugen. Und das ist Robin.«

Den aufkommenden Tumult ignorierend, schnappt sich Herr Özcan zwei Karten, die er auf dem Pult bereitliegen hat, geht mit schnellen Schritten zu Robin und überreicht ihm seinen Gewinn. »Das hast du gut gemacht, Robin, sehr gut sogar. Selbstverständlich kannst du dir auch noch etwas von den anderen Preisen nehmen«, fügt er fast entschuldigend hinzu und deutet auf den Stapel, den die Schulleiterin dagelassen hat und der noch immer vollkommen unberührt sein trauriges Dasein fristet.

Der Tumult legt sich langsam und wandelt sich zu beleidigtem Herumgemaule. Lina aber springt auf, läuft zu Robin hin und umarmt ihn. »Herzlichen Glückwunsch«, haucht sie. Aber da stürze ich dazu, trenne die beiden und nehme Robin die Karten schnell aus der Hand.

»Nein, so geht das nicht!«, schreit mein bester Freund auf.

Wie, so geht das nicht?! Ich starre Robin an. »Aber es war doch abgemacht, dass ich die Karten bekomme und du …« Ratlos schaue ich wieder zu dem verheißungsvollen Gewinnstapel der Schulleiterin. Lina stemmt die Arme in die Seiten und lässt den Blick zwischen uns hin- und herwandern.

»Das meine ich nicht.« Robin winkt hektisch ab. »Die Karten sind mir egal, die kannst du haben.«

Lina wendet sich mir zu und lächelt mich sinnlich an.

»Was ist denn dann los?«

Robin sieht mit einem Mal merkwürdig verschwitzt und sehr blass aus. »Wir sind noch nicht fertig, verstehst du, Karli? Es gibt doch noch so viel zu tun und ständig wird alles wieder schmutzig und …« Robin verstummt und guckt mich flehend an.

Vielleicht war das alles ein wenig viel für ihn. Mich packt das schlechte Gewissen. Also lege ich beruhigend meine Hand auf seinen Arm. »Hey, jetzt entspann dich mal! Es ist doch alles super gelaufen, wir haben den Klassen- und den Listensieg eingefahren! Was willst du denn noch? Und sauber ist auch alles!« Verstohlen schiebe ich mit dem Fuß die alte Apfelkitsche beiseite, die mir eben aus Versehen runtergefallen ist.

»Aber es ist noch nicht fertig!«, flüstert Robin wieder und krallt sich an meinem Arm fest. Sein Haar klebt ihm mittlerweile klatschnass an der Stirn.

»So, Ruhe jetzt, wir wollen schließlich heute auch noch arbeiten«, ruft Herr Özcan in diesem Moment und klopft ein paarmal laut aufs Pult. »Wo waren wir? Lina, könntest du …«

Da lässt Robin seinen Kopf so abrupt auf den Tisch fallen, dass es richtig knallt, und seine Schultern beginnen heftig zu beben. Ungläubig beuge ich mich zu meinem Freund: Das kann doch nicht sein! »Robin, weinst du etwa?«

Aber Robin reagiert nicht und bebt einfach weiter. Als ich einen Arm um seine Schultern lege, spüre ich genau sein nervöses Zittern, seine klamme Hitze. Und da ist noch etwas anderes, Großes, Dunkles, das ich zwar erahne, aber nicht zu fassen kriege, als sei es ein glitschiges Stück Seife. Plötzlich sehne ich Jona herbei, Meisterin des Fühlens. Sie würde bestimmt verstehen, was hier los ist.

Aber Jona ist nicht da.

DAS WIRD SCHON WIEDER

Wenn Tiere längere Zeit unter bestimmten Situationen leiden, führt dies zu auffällig verändertem Verhalten. Beim Hund zeigt sich das häufig in gesteigerter, über das normale Maß hinausgehender Angst, verbunden mit Appetitlosigkeit, Schlafstörungen und exzessivem Putzverhalten. Dauert die Störung länger an, können dadurch auch Organe erkranken.

Mir ist, als würde mein rechter Arm fehlen. Es ist so kalt und leer an dieser Seite. Gar nicht mehr anschauen möchte ich den Stuhl neben mir, Robins Stuhl, der jetzt bereits seit einer Woche frei bleibt.

Schon so lange ist Robin nicht mehr in die Schule gekommen! Ich kann mich kaum daran erinnern, dass er jemals krank gewesen ist, immer war es umgekehrt, ich lag schlapp und mit hochrotem Kopf im Bett, während Robin verzweifelt versuchte, mir den versäumten Schulstoff einzubläuen. Doch, jetzt fällt es mir wieder ein, einmal hatte es auch ihn erwischt, in dieser wahnsinnigen Grippewelle vorletzten Winter. Obwohl er hohes Fieber hatte, schickte er mir mehrfach am Tag Nachrichten aufs Handy:

Was habt ihr durchgenommen?
Wann schreiben wir Bio?
Denkst du an meine Arbeitsblätter?

Und jetzt: kein Wort, keine Nachfragen, nichts. Immer wieder habe ich versucht, ihn anzurufen, aber sein Handy scheint ausgeschaltet zu sein. Ausgeschaltet! Seit einer Woche! Wieder wird es kalt an meiner völlig schutzlosen Seite.

So geht es nicht weiter. Kaum ertönt der Schulgong, stopfe ich meine Hefte in die Tasche und stürze nach draußen. Im Gehen schicke ich Papa eine Nachricht, dass ich später komme, und fange an zu laufen. Plötzlich habe ich das Gefühl, etwas übersehen und schon viel zu viel Zeit verloren zu haben.

Außer Atem komme ich vor Robins Haus an und bearbeite die Klingel. Schnelle Schritte, dann öffnet mir seine Mutter. Warum ist sie um diese Zeit zu Hause?

»Hallo, Karli«, begrüßt sie mich freundlich, aber sichtlich müde. Sie sieht auch nicht ganz so perfekt gestylt aus wie sonst. Dass ein Zipfel ihrer Bluse oben aus dem Rock hängt, habe ich jedenfalls noch nie bei ihr gesehen.

»Ich möchte Robin besuchen.«

Robins Mutter sieht mich einen Moment unschlüssig an, doch dann öffnet sie die Tür ganz. »Das ist lieb von dir, darüber wird er sich bestimmt freuen.«

»Was hat er denn?«, frage ich, während ich meine Jacke ausziehe, die mir Robins Mutter abnimmt und sorgfältig auf einen Kleiderbügel hängt.

»Ach, nichts Besonders, wahrscheinlich irgendeinen Infekt. Ein bisschen Bettruhe, Tee und Zwieback, dann wird das schon wieder.«

»Mama, kannst du mit mir die Hausaufgaben machen?«, höre ich die kleine Nele von hinten rufen. Robins Mutter lächelt mich noch einmal an, zuckt seufzend mit den Achseln und verschwindet im Wohnzimmer.

Ich gehe zu Robins Zimmertür, klopfe. Nichts. Leise öffne ich, stecke erst meinen Kopf, dann den Rest des Körpers hinein.

Das, was ich zu sehen bekomme, überrascht mich. Oder eigentlich doch nicht. Denn Robin mit zerzaustem Haar, ungewaschen, in einem zerwühlten Bett – nein, DAS wäre wirklich kein gewöhnliches Bild von ihm gewesen. Da erscheint es schon normaler, dass er, obwohl er krank ist, komplett angezogen dasitzt.

Mit einem Mal wirkt sein Zimmer wie ein Bild oder eine Fotografie auf mich und mir fällt auf, dass

- über das Bett sorgfältig die neue Tagesdecke ausgebreitet ist,
- die pinken und knallgrünen Kissen genau abwechselnd und alle mit einem Zipfel nach oben in Reih und Glied stehen,
- die Bücher im Regal akkurat nach Größe geordnet sind,
- die Stifte auf dem Schreibtisch in exakt dem gleichen Abstand zueinander liegen.

Überhaupt scheint es in diesem Zimmer keine schiefen Linien, sondern nur Parallelen und rechte Winkel zu geben.

Mir ist, als sähe ich Robins Zimmer heute zum ersten Mal, obwohl ich doch seit Jahren hier ein und aus gehe. Und das hat nichts damit zu tun, dass Robin es kürzlich erst umgestaltet hat, nein, dieses Zimmer erzählt etwas und hat es schon immer erzählt und ich habe nur nicht zugehört. Plötzlich kommt es mir wie der Schauplatz eines Kampfes vor, dessen Waffe die Ordnung ist, so scharf und verletzend wie ein gezücktes Messer.

»Mensch, Robin, was ist denn los?« Mit schnellen Schritten bin ich bei meinem Freund, stoße unterwegs aber aus Versehen kurz an den kleinen Tisch und bringe damit die Apfelpyramide in der darauf stehenden Obstschale zum Einsturz.

»Pass doch auf!«, kreischt Robin so hysterisch, dass ich schnellstens wieder kehrtmache und die beiden Äpfel, die auf den Boden gefallen sind, aufhebe und zu den anderen in die Schale lege.

»Nein, nicht so!«, ruft Robin mit bebender Stimme, greift nach den Äpfeln und türmt sie erneut mit einer solchen Behutsamkeit auf, als würde er Mikado spielen. Als die Pyramide schließlich ihre ursprüngliche Form angenommen hat, setzt er sich wieder. Auch ich lasse mich langsam und vorsichtig neben ihn aufs Bett sinken, plötzlich habe ich große Angst, etwas dauerhaft zu beschädigen. Robin starrt einfach geradeaus und sagt nichts.

Ich sitze sehr dicht neben ihm und bin weit von ihm entfernt. Etwas trennt uns und ich finde die Verbindung nicht, es gibt keine Brücke, über die ich, so schwankend sie auch sein möge, zu ihm gelangen könnte. So lange kennen wir uns jetzt schon, wir sind doch wie Brüder. Vielleicht ist es das, was helfen kann, unsere gemeinsamen Erinnerungen.

»Hey, weißt du noch damals, als ich im letzten Jahr im Kindergarten unbedingt mit der Lupe ein Loch ins Blatt kokeln wollte und das dann Feuer fing? Und du bist ganz schnell mit deinem Sandkasteneimer zum Teich gelaufen und hast Wasser zum Löschen geholt. Und dann zappelte da plötzlich ein einsamer Goldfisch auf dem dampfenden Boden herum! Haha!«

Keine Reaktion, Robin zuckt nicht einmal mit den Mundwinkeln.

»Und beim Naturcamp am Plöner See, kannst du dich erinnern? Shahin, Ben und ich mussten unbedingt heimlich nachts im Dunkeln noch mal mit dem Ruderboot raus. Super Einfall! Denn natürlich hat es nicht lange gedauert und wir wussten nicht mehr, wo wir waren und wohin wir zurückmussten! Wahrscheinlich würden wir heute noch im Kreis rudern, wenn du dich nicht mit deiner blinkenden Taschenlampe ans Ufer gestellt hättest! Haha!«

Nichts. Ganz im Gegenteil, Robin sackt noch ein Stückchen weiter in sich zusammen.

»Oder als ich bei unserer Skiwoche unbedingt über das Schneebrett fahren musste, als der Özcan mal nicht guckte. Ich habe mich dann dermaßen hingelegt, dass ich kaum noch aufstehen konnte. Und damit der Özcan mich nicht nach Hause schickte, bist du einfach schnell zu mir gelaufen, hast mich wieder auf die Skier gestellt und so untergehakt, dass du mich zur Hütte zurückschleifen konntest. Haha!«

Eigentlich möchte ich Robin doch Mut machen, ihm zeigen, dass ich für ihn da bin, stark und unerschütterlich. Aber alle unsere gemeinsamen Geschichten enden so, dass ER etwas für MICH tut. Jetzt sacke auch ich ein Stück in mich zusammen.

»Sag doch mal, was ist denn los?«, flüstere ich nach einer Weile.

»Ich weiß nicht«, gibt Robin gequält zurück und fährt sich mit den Händen übers Gesicht. »Mir ist in letzter Zeit immer so schwindelig, manchmal kann ich kaum noch laufen. Und Kopfschmerzen habe ich auch ganz oft.« Er stöhnt leise auf, wie um seine Worte zu unterstreichen.

Okay, Kopfschmerzen, Schwindel, das ist doch was, damit kann man arbeiten. »Vielleicht musst du mehr trinken«, schlage ich vor und merke im gleichen Moment selbst, dass ich wie Papa, Herr Özcan und Robins Mutter zusammen klinge. Was hat die noch einmal gesagt? »Oder es ist ein Infekt«, füge ich wissend hinzu.

Robin nickt zaghaft. »Ja, das sagt meine Mutter auch. Vielleicht.«

Fällt mir nicht noch irgendein blöder Spruch ein? Doch. »Ohne Arzt dauert eine Erkältung sieben Tage, mit Arzt eine Woche. Dann müsstest du es ja bald geschafft haben. Haha!«

Die Tür geht auf und Robins Mutter kommt herein. »Ich glaube, Robin sollte sich jetzt besser ausruhen, Karli. Damit er bald wieder in die Schule kann.«

Sie und ich, wir schauen uns an und irgendwie ist uns beiden klar, dass wir selbst nicht daran glauben. Aber wir möchten es so gern.

»Ja«, antworte ich also. »Das wäre schön. Allerdings ist Robin immer schwindelig und Kopfschmerzen hat er auch. Aber das wussten Sie bestimmt schon.«

Dankbar greift Robins Mutter das Stichwort auf. »Ja sicher«, meint sie eifrig, »das habe ich natürlich sofort von einem Arzt untersuchen lassen. Wir waren bei einem Neurologen und der hat Robin sehr gewissenhaft untersucht.«

Na also. Ich bin erleichtert, dass Robin schon bei einem Arzt war. »Und?«, frage ich und kann den Hoffnungsschimmer in meiner Stimme nicht verbergen.

»Es ist absolut alles in Ordnung mit ihm, sagt er.« Robins Mutter lächelt zuversichtlich. »Kein Grund zur Sorge. Wahrscheinlich sind das nur ein paar Hormonschübe, das ist in der Pubertät ja nichts Ungewöhnliches. Dabei wird alles Mögliche durcheinandergewirbelt.«

Dankbar nicke ich. Stimmt, die Pubertät, die muss es sein. Pickel, Panik, Prügeleien – die Pubertät ist immer an allem schuld. Wahrscheinlich ist sie auch für Erdbeben, Gasexplosionen und tropfende Wasserhähne verantwortlich.

Jedenfalls sind Robins Mutter und ich uns einig. Das wird schon wieder. Robin hat zwar kein einziges Wort dazu gesagt, aber er ist schließlich krank. Dann will ich ihn mal nicht weiter anstrengen. Schnell stehe ich auf und verabschiede mich von den beiden. An der Tür drehe ich mich aber doch noch einmal um und werfe einen letzten Blick auf meinen besten Freund, ich zwinge mich, ihn wirklich anzuschauen: Da hockt er, inmitten von Pink und Knallgrün, das Gesicht weiß und die Augen schwarz.

Noch bevor ich ganz durchs Treppenhaus bin, habe ich schon von meinem Handy eine Nachricht abgeschickt, von der ich hoffe, dass sie durch das Zusammenspiel von Vibration und LED-Blitzen sofort bemerkt und gelesen wird:

Hilfe!

TOLLE TYPEN

Zu den spektakulärsten Prügeleien im Tierreich zählen die mehrere Stunden andauernden Ringkämpfe der Hirschkäfer. Begegnen sich zwei Männchen auf der Suche nach einem Weibchen, richten sie sich sofort drohend in voller Größe mitsamt ihren furchterregenden Geweihen auf. Dann schießen sie aufeinander los, um genau wie bei einem mittelalterlichen Ritterturnier mit voller Wucht gegeneinanderzuprallen und ihre Geweihe ineinander zu verhaken. Der Gegner, der dabei zuerst das Gleichgewicht verliert, wird kurzerhand vom Ast geschubst.

Vielleicht sollte ich später Schriftsteller werden. Schreiben hilft, wie ich feststelle. Es gibt mir das Gefühl, alles abgeben, ordnen und klären zu können. Meine Daumen fliegen über die Tastatur meines Handys und länger und länger wird mein Text. Jede Einzelheit möchte ich Jona erzählen, ganz genau soll sie alles erfahren. Ich weiß nicht so richtig, warum, aber ich glaube, ihre Sicht der Dinge kann helfen. Denn allein komme ich nicht weiter. Und damit ich nachher nicht so viel Zeit verliere oder erst lange nach den richtigen Worten suchen muss, schreibe ich schon mal alles für sie auf.

Abspeichern, fertig. Ich gucke auf die Uhr. Jetzt schnell zur Beethoven-Schule, denn dahin hat mich Jona als Antwort auf meinen Hilferuf bestellt. Kurz und knapp und offensichtlich nicht sehr begeistert. Ich seufze. Wahrscheinlich ist sie immer noch sauer und will nicht einfach so zur Tagesordnung übergehen. Und wenn schon, das kriege ich hin. Außerdem werde ich seit unserer letzten Begegnung das klitzekleine und doch sehr bohrende Gefühl nicht los, dass sie irgendwie recht haben könnte. Zumindest ein bisschen.

Jetzt stehe ich vor der Schule und beobachte gespannt das große Tor. Es flattert aufgeregt in meinem Bauch, stelle ich verwundert fest, aber nach all dem ist das schließlich auch kein Wunder. Immerhin stimmt etwas mit Robin nicht, meinem besten Freund, und genau darum geht es hier doch. Nur um ihn.

Nach einigen Minuten kommt Jona schon aus dem Gebäude, inmitten einer Gruppe von Jungen und Mädchen, die lachend miteinander gestikulieren. Aus der Entfernung sieht es aus wie ein Fingerballett, so elegant und leicht wirbeln die Hände durch die Luft. Meine eigenen, die mir mit einem Mal plump und derb vorkommen, versenke ich hilflos in die Taschen. Ich weiß nicht, wie ich mich bemerkbar machen soll, Rufen bringt hier doch nichts. Plötzlich fühle ich mich, als würde MIR eine Fähigkeit fehlen: Denn was nützt mir die Sprache, wenn mich niemand hören kann? Und von dieser Art des Redens bin ich ausgeschlossen.

Ein wenig missmutig beobachte ich, wie sich alle nach und nach voneinander verabschieden und davongehen. Nur ein Junge bleibt beharrlich bei Jona stehen und gestikuliert immer weiter, nickt und lacht und scheint überhaupt keine Eile zu haben. Jona hat nur Augen für ihn, nicht ein einziges Mal guckt sie zu mir herüber.

Ich mag diesen Typen nicht.

Dass sie mich doch bemerkt haben muss, sehe ich dann daran, dass sie überhaupt nicht überrascht ist, als sie sich nach einer ganzen Weile umdreht und wie selbstverständlich auf mich zukommt. Abwartend bleibt sie vor mir stehen, die Hände nun stumm herunterhängend. Nur ihre mal wieder hochgezogenen Augenbrauen übernehmen die Kommunikation.

Ich grinse verlegen und hoffentlich nicht allzu dümmlich und reiche ihr mein Handy mit meinem langen, so ausgefeilt formulierten Text. Jona guckt kurz darauf, lässt ein lautes Stöhnen hören und steuert auf eine kleine Mauer zu, um sich zu setzen. Dann beginnt sie zu lesen. Konzentriert und langsam.

Ich knibble an meinen Fingern herum und schaue hoch in die Bäume. Ein Vogel kommt herbeigeflogen, in seinem Schnabel trägt er ein kleines Hölzchen. Vorsichtig schichtet er es zwischen einer Astgabel auf einige andere, die wohl alle zu einem Nest werden sollen. Ein zweiter Vogel kommt herbei, auch er (oder sie?) hat etwas im Schnabel, Moos vielleicht. Eifrig ordnen die beiden ihre Fundstücke an. Dann machen sie sich wieder auf, um erneut zu suchen.

Das Vogelpaar wird ein Nest bauen, Eier legen, Junge bekommen und sie füttern, bis sie flügge werden, um dann selbst loszuziehen und ein Nest zu bauen, Eier zu legen, Junge zu bekommen … und immer so weiter. Aber was ist, wenn das nicht klappt? Wenn ein Vogeljunges etwas anderes tut als das Vorgesehene? Die normale Ordnung durchbricht? Bildet sich dann eine neue heraus oder ist alles für immer vorbei und verloren?

An meinen Nägeln zeigen sich bereits kleine Hautfetzen. Endlich ist Jona fertig. Stirnrunzelnd reicht sie mir mein Handy zurück. Dann springt sie auf und rast doch tatsächlich diesem Typen hinterher, der sich beim Weggehen immer mal wieder zu uns umgedreht hat, wie ich sehr wohl bemerkt habe. Was soll das denn jetzt, bitte schön? Könnte sie sich vielleicht einen kleinen Moment mal auf mich und mein Problem konzentrieren?

Beide beginnen wieder mit ihrem Handherumgewirble und Jona wirkt dabei sehr aufgeregt. Schließlich packt sie den Typen an einer Hand und zieht ihn hinter sich her, geradewegs zu mir.

Als er genau vor mir steht, mustert er mich kühl. Der Blödmann sieht auch noch ziemlich gut aus, das muss ich zugeben. Groß und breit und so. Und er hat nicht nur einen einzelnen Ferdi im Gesicht, sondern gleich eine beträchtliche Anzahl borstiger Stoppeln, die er bestimmt schon mit einem Rasierer in Schach halten muss. Dazu leuchtend blaue Traummann-Augen. Er geht mir ziemlich auf die Nerven.

Demonstrativ stecke ich mein Handy in die Hosentasche und stehe auf. Aber Jona hält mich am Ärmel fest und bedeutet mir energisch, mich wieder zu setzen. Dann fummelt sie ihr eigenes Handy heraus.

Warte! Alex möchte dir etwas sagen.

Kann er doch gar nicht.

Dieser Alex schaut mich immer noch an, sehr spöttisch, wie ich finde. Dann tippt auch er etwas ins Handy und hält mir den Text hin.

Meine Schwester hatte eine Angststörung.

Verständnislos starre ich auf das Display und zucke mit den Achseln. Schön für sie oder vielleicht auch nicht, aber was hat das mit mir und Robin zu tun? Was mischt sich der Typ überhaupt ein? Ich werfe Jona einen vorwurfsvollen Blick zu. Eigentlich wollte ich keine öffentliche Party aus unserem ersten Treffen nach so langer Zeit machen.

Aber Jona funkelt mich nur wütend an. Also tippe ich notgedrungen eine Erwiderung.

Und?

Das war ganz ähnlich wie bei deinem Freund.

Gehts noch? Vor allem das Wort »Störung« passt doch nun wirklich nicht zu Robin.

Wie meinst du das?

Erst konnte meine Schwester nicht mehr zur Schule gehen. Sobald sie dort war, wurde ihr schwindelig und sie zitterte. Es wurde dann immer schlimmer. Zum Schluss ging sie gar nicht mehr raus, sie schaffte es nicht einmal mehr die Auffahrt hinunter.

Warum nicht?

Sie hatte Angst, immer und überall.

Wovor?

Vor allem davor, dass ihr etwas Schlimmes passiert, sie krank wird oder ihre Familie verliert oder so etwas.

Aber was hat das mit meinem Freund zu tun?
Robin hat keine Angst. Er geht auch ganz normal raus.

Jetzt sieht mich dieser Alex wieder eine Zeit lang schweigend an. Jona schaltet sich ein und bedeutet ihm wohl, etwas Bestimmtes zu schreiben.

Tut oder sagt Robin komische Dinge, die total übertrieben sind?

Klar, er putzt sehr gern. Aber das ist ja wohl noch keine »Störung«.

Ich nicke halbherzig.

Muss er manches immer wieder tun? Oder darf etwas auf gar keinen Fall passieren?

Ich muss an Robins Ordnungswahn denken, an sein geradliniges Zimmer, an die Panik, die das Ende des Schulwettbewerbes in ihm auslöste. Aber hat nicht jeder irgendeinen Tick?

Ich zucke mit den Achseln.

Wird es nicht besser, sondern immer schlimmer?

Schon, aber ist das nicht oft so? Und nach einer Erholungspause wird dann alles wieder gut.

Bockig starre ich vor mich hin.

Und fühlt er sich richtig krank, obwohl er körperlich gesund ist?

Man kann eben nicht jeden kleinsten Infekt nachweisen.

Kopfschüttelnd hämmert Alex jetzt auf sein Handy ein.

Hört er eine innere Stimme?

Jetzt reicht es mir aber. Ich stehe endgültig auf. Was will dieser Alex denn damit andeuten? Ich würde gern abhauen, aber da hält mir Jona eine Nachricht hin.

Schon mal davon gehört, dass auch die Seele krank werden kann?

Jetzt platzt mir nicht nur der Kragen, sondern gleich mein ganzes Hemd. »Meint ihr, Robin ist irre, oder was?«, schreie ich beide unvermittelt an, aber sie zucken nicht einmal zurück, was ja, genau genommen, auch kein Wunder ist. Ausgerechnet Robin, dieses Musterbeispiel von einem Ich-habe-mein-Leben-absolut-im-Griff-Typen! Ich bin drauf und dran, Alex zur Seite zu schubsen, aber da wendet er sich schon selbst achselzuckend zum Gehen. Ein Glück für ihn.

Jona nimmt meine Hände und zwingt mich, ihr ins Gesicht zu schauen, das sehr ernst und sehr besorgt ist.

Karli, wir beide müssen Robin besuchen. Und zwar schnell.

VERBORGENE MONSTER

```
Hochaggressive Elefanten, lethargische Schweine,
Affen mit Zwangshandlungen – auch Tiere können
psychische Störungen wie Depressionen und krank-
hafte Angstzustände entwickeln. Ausgelöst wer-
den sie meist durch langanhaltenden Stress oder
schwere Schocks, für die in der Mehrzahl der Fälle
der Mensch verantwortlich ist.
```

Ich kenne Robin schon mein ganzes Leben lang. Seit fast dreizehn Jahren ist er mein Freund. Von einem von Papas vielen Fotos weiß ich, dass wir uns als erstes gemeinsames Spiel gegenseitig mit geschlagener Sahne eingeschmiert haben, beide komplett nackt. Das war damals eine Aktion in der Krabbelgruppe, um unsere Sinne zu schulen, pädagogisch total wertvoll. Doch umarmt haben wir uns noch nie, ob mit oder ohne Sahne. Und jetzt das.

Ungläubig sehe ich zu, wie Robin mit geschlossenen Augen in Jonas Arm liegt. Zunächst ist er vor der Berührung zurückgezuckt, aber nun lässt er sie nicht nur zu, sondern lässt sich sogar sanft hin- und herschaukeln wie ein Baby. Zum ersten Mal seit Langem sieht er etwas entspannter aus.

Das ist wohl der richtige Zeitpunkt, um der Sache auf den Grund zu gehen. Genau dafür sind wir schließlich hergekommen. »Äh, Robin, hast du eigentlich Angst?«, beginne ich zugegebenermaßen ziemlich plump.

»Was?« Abrupt richtet Robin sich auf. »Was meinst du? Wovor sollte ich Angst haben?«

Na also, das hätten wir schon mal. Erleichtert lehne ich mich im Sessel zurück. Da bemerke ich, wie Jona langsam einen Arm ausstreckt und eines der In-Reih-und-Glied-Kissen nicht nur zerknuffelt, sondern auch noch an die andere Seite des Bettes bugsiert.

Robin beobachtet alles ganz genau aus den Augenwinkeln. Nervös beginnt er seine Hände zu kneten.

»Und hast du das Gefühl, bestimmte Dinge tun zu müssen, auch wenn sie eigentlich gar nicht nötig sind?«, bohre ich weiter.

»Was?« Robin springt auf, nimmt rasch das Kissen, beult es aus und ordnet es wieder genau in die Reihe ein. Dann sieht er mich zerstreut an. »Was wolltest du wissen?«

Jona wirft mir einen bedeutungsvollen Blick zu, doch ich schüttle stumm den Kopf. Zufall. Aber ich werde jetzt ganz direkt danach fragen. »Ich meine, musst du zum Beispiel immer alles aufräumen, auch wenn es eigentlich noch total ordentlich ist?«

Angespannt warte ich auf Robins Antwort, während Jona mir zunickt und mit dem Kinn auf das Regal an der Wand deutet. Ich kapiere, stehe betont unschuldig auf, schlendere zu den Büchern, greife ein großes heraus und ordne es bei den kleinen wieder ein. Und dann, keine Ahnung, wieso, gehen plötzlich die Pferde im Galopp mit mir durch, ich ziehe ein Buch nach dem anderen heraus, um es an völlig anderer Stelle wieder einzusortieren. Immer schneller wirbeln meine Hände umher und irre vor mich hin kichernd verwandle ich das gesamte Innenleben des Regals in ein heilloses Durcheinander. Vielleicht möchte ich diesem ganzen Mist hier so etwas wie Heiterkeit verleihen, die lustige Seite sehen und so, die gibt es doch immer, heißt es.

Als ich mich dann umdrehe, bemerke ich, dass ich damit wohl falsch liege.

In Robins Gesicht spiegelt sich eine solche Panik wider, als sei gerade der komplette Erdball Opfer eines Tsunamis geworden.

Mit schnellen Schritten ist mein Freund bei mir. »Sag mal, spinnst du?«, schreit er mir mitten ins Gesicht. »Was soll das? Was wollt ihr überhaupt hier? Mich fertigmachen, oder was?«

Als mir keine halbwegs beruhigende Antwort darauf einfällt, wendet Robin sich stumm ab, geht zum Bett zurück und lässt sich mit tief in den Händen vergrabenem Gesicht darauf sinken.

Meine Erstarrung löst sich und macht der Einsicht Platz, dass es wohl sein muss. Ich wappne mich, will eigentlich gar keine Antwort hören und stelle nur mit Mühe die Frage, die mir vollkommen bescheuert vorkommt: »Hörst du eine Stimme, in deinem Inneren, meine ich?«

Langsam nimmt Robin die Hände herunter und schaut mich verblüfft an. »Woher weißt du das?«

Würde man meine nassen Finger in eine Steckdose stecken, könnte ich nicht heftiger zusammenzucken. »Und was sagt sie dir? Und wer sagt das? Ich meine, wer ist …«, stammle ich verwirrt.

»Das bin ich selbst, diese Stimme, auch wenn das komisch klingt«, meint Robin leise. »Ich befehle mir etwas, immer wieder, tu dies nicht, tu aber unbedingt das … « Hilflos bricht er ab.

»Was musst du denn tun?«

»So richtig blöde Sachen! Ich muss zum Beispiel, bevor ich aus dem Haus gehe, nachschauen, ob auch alle Handtücher im Bad richtig aufgehängt sind, sogar, wenn ich es total eilig habe! Ich weiß ja, dass das Quatsch ist, aber ich muss es einfach machen, sonst …« Robin sieht mich aus feucht schimmernden Augen an.

Unbehaglich rutsche ich auf meinem Sessel hin und her. Ich spüre, wie Robins Schrecken den ganzen Raum zu füllen beginnt, aus allen Ecken und Ritzen kriecht er hervor, um sich schließlich in seiner ganzen monströsen Größe vor mir aufzubauen. »Was sonst?«, flüstere ich mit einem Mal ebenso verzagt wie Robin.

»Sonst passiert etwas Schlimmes, mit dir oder meiner kleinen Schwester oder der ganzen Welt oder ...«

»Oder was?«

Es geht noch weißer als kalkweiß. Robins Gesicht hat nicht

einmal mehr diesen Ton, als er weiterspricht. »Oder mit mir. Verstehst du, Karli? Wenn ich nicht tue, was mir die Stimme befiehlt, muss ich sterben.«

Das letzte Wort ist kaum noch zu verstehen, es geht fast unter in Robins Schluchzen, das zur gleichen Zeit einsetzt. Ich kann kaum hinsehen. Mein Freund weint so heftig, dass sein ganzer Körper bebt, aus seiner Kehle kommen Laute, die von einem angeschossenen Tier stammen könnten. Mein Robin von früher ist weg, verschwunden, für ihn ist kein Platz mehr neben diesem Riesen aus Schmerz und Verzweiflung.

Völlig fertig sacke ich auf meinem Sessel zusammen und kann es nicht fassen. Mein bester Freund hat Todesangst.

GANZ EINFACH SCHWIERIG

Was in der Biologie lange ein Tabu war, gilt heute als erwiesen: Wildtiere sind wahre Persönlichkeiten mit jeweils ganz eigenem Charakter. Forscher beobachteten mutige und schüchterne Forellen, gesellige und eigenbrötlerische Eidechsen, friedliche und aggressive Ameisen. Auch ist nicht jedes Lebewesen »männlich« oder »weiblich«. Korallen beispielsweise lassen sich gar keinem Geschlecht zuordnen, Regenwürmer sind zweigeschlechtlich und Clownfische sind erst geschlechtslos, dann männlich und können später noch weiblich werden.

Ganz still sitze ich da, doch in mir tobt ein Hurrikan Stärke 5. Robin, mein Fels, mein Hafen, der einzig Normale in meinem ganzen abgedrehten Leben – verrückt? Irre? Und die anderen, was sind die dann? Was bleibt noch, woran kann ich mich halten? Normal oder übergeschnappt, richtig oder falsch, gut oder böse – gibts das überhaupt oder sind das alles nur Hirngespinste, Erfindungen, mit denen wir wie auf Krücken durchs Leben humpeln?

Alles in mir tut weh und in diesem Schmerz fühle ich mich Robin zum ersten Mal seit Langem ganz nah. Wenigstens das.

Nur Mamas Kauen und das Rascheln beim Herausnehmen eines neuen Haferopfers durchbrechen ab und zu die Stille. Dann starren wir wieder alle schweigend und bedrückt vor uns hin. Lediglich Papa bedenkt Jona und mich ab und zu mit einem glücklichen Blick, den sie aber nicht zu bemerken scheint. Ganz dicht sitzt sie neben mir, Mama, Papa und Onkel Holger uns gegenüber auf dem Sofa.

Wie froh ich bin, Jona jetzt hierzuhaben, bei meiner so speziellen Familie, die ihre Maskerade vom Klassenfest natürlich nicht lange durchgehalten hat. Aber erstaunlicherweise ist mir das, wenn Jona bei mir ist, völlig egal, mit ihr hat es keine Bedeutung. Flüchtig muss ich an Lina denken, die, obwohl ich sie jeden Tag in der Schule sehe, aus meinem Leben komplett verschwunden ist, ohne dass ich es richtig mitbekommen habe. Und es macht mir nicht einmal etwas aus. Schnell greife ich Jonas Hand und halte sie ganz fest. Sie soll bleiben.

In meinem Kopf blinken einzelne Worte auf wie Warnleuchten am Straßenrand. Es sind immer dieselben, denen Jona und ich ständig begegnet sind, egal wie oft und wie lange wir gegoogelt haben, um uns Robins Verhalten zu erklären: »Zwang« und »Angst« ganz vorn mit dabei und jedes Mal wieder dieses bösartige »Störung«. Das allein war schon nicht gerade ermutigend, den Rest hat mir dann aber der Satz gegeben, den Jona mir gestern hinhielt: »Die Erkrankung wird oftmals lange verheimlicht, doch kann sie unbehandelt gefährliche Auswirkungen auf die Psyche haben.«

Natürlich ist es keine gute Idee, ausgerechnet das Internet um Rat zu fragen, das ist mir auch klar. Aber irgendwo mussten wir doch anfangen. Und jetzt einfach den Gute-Laune-Sack über den Kopf zu ziehen und so zu tun, als habe man nichts gehört und nichts gesehen, ist ganz bestimmt nicht der richtige Weg. Den kenne ich zwar auch nicht, aber ich muss damit anfangen ihn zu suchen. Für Robin.

»DER ROBIN IST EIN PRIMA KERL«, schreit Papa jetzt und lächelt Jona wieder mit überschäumender Herzlichkeit an.

Ich stöhne auf. Wann begreift er endlich, dass für Jona Lautstärke so sinnvoll ist wie für einen Glatzkopf ein Volumenshampoo?

Mama nickt, immer noch versonnen kauend. »Ja, das ist er, ich mag ihn echt gern. Und ein bisschen haben wir ihn ja auch mit aufgezogen.« Als ihre Stimme angesichts ihrer neu erwachenden mütterlichen Gefühle für Robin zu kippen droht, greift sie hastig einen neuen Keks, obwohl sie den alten noch vollkommen unangeknabbert in der Hand hält.

Mein Blick wandert zu Onkel Holger, der heute einen Samthut mit einem kleinen Netz und einer geschwungenen Feder trägt. Jedes Mal, wenn er sich bewegt, beginnt die Feder zu zittern, als sei sie ein Seismograf, der die Stärke seiner inneren Erregung misst. Als er jetzt zu sprechen beginnt, gerät sie sofort sehr heftig in Bewegung. »Das ist ganz schrecklich, Karli, einfach furchtbar! Gut, dass ihr damit zu uns gekommen seid!« Traurig blickt er Jona und mich an und ergänzt: »Vor allem furchtbar für Robin, meine ich.« Und dann, so bedächtig, als müsste er sich langsam im Dunkeln vorwärts tasten: »Es ist die Hölle, wenn man sich innerlich anders fühlt, als man äußerlich zeigen darf. Wenn man sich irgendwelchen Zwängen unterwerfen muss, immer so tun muss, als wäre alles okay oder als sei man jemand, der man gar nicht ist. Glaubt mir, ich weiß, wovon ich rede«, schließt er, wobei die Feder zur Höchstform aufläuft.

Mama lässt ihren Keks sinken und nickt heftig. »Ja genau, und wo wir schon mal dabei sind, Karli: So ein Theater wie beim Klassenfest mache ich nicht noch einmal mit. Ist das klar?« Sie schließt die Augen und stöhnt angesichts dieser schrecklichen Erinnerung laut auf. »Den ganzen Tag diese unbequemen Klamotten, und nie wusste ich genau, was ich sagen oder tun sollte, ständig hatte ich das Gefühl, etwas falsch zu machen! Mal ganz abgesehen davon, dass ich die ganze Zeit Hunger hatte. Oder was meinst du?«, wendet sie sich auffordernd an Papa.

Der lächelt mich liebevoll an und nickt bedächtig. »Tja, ich hatte auch schon mal mehr Spaß. Aber das eine Mal wars in Ordnung.«

»Ich bin eben, wie ich bin«, meldet sich Mama wieder schnaubend zu Wort. »Vielleicht anders, als es dir gefällt, aber deswegen noch lange nicht falsch. Nicht ich bin das Problem, sondern die Leute, die eines mit mir haben«, schiebt sie bockig hinterher.

»Lass mal gut sein, Kim, ich glaube, er hats verstanden«, bemerkt Onkel Holger leise.

Meine Augen füllen sich mal wieder mit Tränen, wie so häufig in den letzten Tagen. Ich arbeite schon längst nicht mehr dagegen an, sondern heule und schniefe in meine Ärmel, weswegen ich im Moment meine Pullis zweimal täglich wechseln muss. »Aber vielleicht ist Robin ja auch nur, wie er ist, eben anders«, schaffe ich es zu sagen.

Onkel Holger kratzt sich am Kopf. »Ich verstehe schon, was du meinst. Aber es gibt unterschiedliche Arten von Anderssein. Man kann sich total von anderen unterscheiden, dabei aber ganz bei sich selbst sein. Man ist dann einfach so, verstehst du, auch wenn es zugegebenermaßen dauern kann herauszufinden, was einen eigentlich ausmacht. Damit muss man dann umgehen lernen. Oder, besser gesagt, die anderen müssen damit umgehen lernen.«

»Yep«, lässt sich Papa vernehmen.

»Und dann gibt es Zwänge und Gedanken, die nicht zu uns gehören, die von uns Besitz ergreifen und uns daran hindern, unser eigentliches Leben zu leben. Sie lassen uns schrecklich leiden«, fährt Onkel Holger seufzend fort. »Ich glaube, so geht es deinem Freund Robin. Und darum musst du ihm helfen.«

Ich gucke Onkel Holger an und sehe ihn plötzlich in unzähligen Standbildern im Film meines Lebens vor mir, in seinen geliebten modischen Kreationen, wie er mir Tee ans Krankenbett bringt, mich nach einer Enttäuschung im Arm wiegt oder uns alle mit seinen sehr gewöhnungsbedürftigen Kochkünsten beglückt. Und dann kommen dazu andere

Bilder, weniger schöne, die leider oft mit mir zu tun haben, mit meinen hartnäckigen Versuchen, meine Familie in eine Schablone zu pressen, in die sie genau gar nicht hineinpasst. Mit einem Mal öffne ich meine Augen und sehe ihn. »Und du leidest auch«, bemerke ich leise.

Ein trauriges Lächeln huscht über das Gesicht meines Patenonkels. »Ja, aber anders. Zwänge haben viele Formen, es gibt innere wie bei Robin und äußere, die an dich herangetragen werden. Unausgesprochene Regeln, bei denen erwartet wird, dass du dich ihnen fügst. Aber es geht darum, sich darüber klar zu werden, wer man wirklich ist. Nur dann kann man so leben, dass es einem ganz und gar entspricht, nur dann kann man wirklich glücklich werden. Und das ist viel wichtiger, als es anderen recht zu machen.« Ein tiefer Stoßseufzer ist zu hören. »Was so einfach klingt, ist leider überaus kompliziert.« Entschlossen fügt Onkel Holger mit einem Mal hinzu: »Übrigens: Ich bin Maria. Ich bin eine Frau. Das weiß ich jetzt, spätestens seit diesem schrecklichen Klassenfest!«

Ich verstehe, endlich, und nicke langsam. »Ja, in Ordnung. Maria also.«

Tante Marias Augen nehmen einen feuchten Schimmer an.

»So, dann hätten wir das ja geklärt«, meldet sich Mama energisch zu Wort, wobei wenigstens sie sich bemüht, mit deutlichen Lippenbewegungen zu sprechen, damit Jona noch etwas mitbekommt. »Was machen wir jetzt mit Robin?«

Robin braucht dringend Hilfe. Wir glauben, er muss in eine Therapie.

Jona hält ihr Handy gut sichtbar für alle in die Höhe.

»Ja, auf jeden Fall«, stimmt Papa ihr eifrig nickend zu, »das schafft er nicht allein. Niemand schafft so etwas allein. Das müssen wir ihm klarmachen.« Am liebsten würde er sofort losfahren, das sehe ich ihm an.

»ER wird das schon einsehen«, wende ich ein und denke an Robins Hilfe suchenden Blick. »Das Problem sind seine Eltern. Auf keinen Fall machen die da mit! Ihr Sohn in die Klapse? Im Leben nicht!«

»Da könntest du recht haben«, meint Mama. »Alles immer an seinem Platz, sauber und korrekt. Wisst ihr noch, als Robin damals beim Kindergartenabschied in die Schlammpfütze gefallen ist? Die Mutter hat sich so aufgeregt, dass ich schon ernsthaft darüber nachdachte, den Notarzt zu rufen. Für sie, meine ich.«

»Ja, oder als ich Karli in der Grundschule ein einziges Mal einen Schokoriegel zum Frühstück mitgab, hat mich der Vater direkt angerufen und einen Vortrag über gesunde Ernährung gehalten«, ergänzt Papa düster. »Na ja, vielleicht waren es auch zwei oder drei Mal«, räumt er zögernd ein.

»Beide sehen wirklich immer aus wie aus dem Ei gepellt, völlig übertrieben«, bemerkt Tante Maria seufzend. »Immer perfekt, immer so, wie andere sie haben wollen.«

»Wir müssen sie überzeugen«, sage ich beschwörend.

»Nein, nicht wir.« Mama verdreht die Augen nach oben. »Das musst du übernehmen. Mit diesen Eltern fange ich nur Streit an.« Störrisch verschränkt sie die Arme vor der Brust. »Aber auf dich werden sie hören! Und du kennst sie auch am besten, du schaffst das, ganz bestimmt! Erzähl ihnen einfach alles so, wie du es uns erzählt hast.« Als ich mir bei diesen Worten schon wieder die Tränen abwischen muss, fügt Mama mit einem Mal sehr zärtlich hinzu: »Keine Sorge, natürlich lassen wir dich nicht allein! Wir kommen alle mit und warten draußen, falls du doch noch unsere Hilfe brauchst.«

Jona, Papa und Tante Maria nicken heftig.

Schnell springe ich auf, um die plötzlich in mir aufsteigende Rührung zu unterdrücken. Sonst müssen meine Tränendrüsen noch Überstunden machen. »Na, dann los!«

Was nun folgt, würde besser zu einem anstehenden Kindergartenausflug als zu einer solch ernsten Mission passen, wie wir sie vorhaben. Alle laufen mit einem Mal durcheinander, suchen etwas, stehen sich gegenseitig im Weg.

»Hat jemand mein Tuch gesehen?«

»Was meint ihr, sollen wir etwas zu trinken einpacken?«

»Karli, die Jacke ist viel zu dünn!«

»Muss nochmal jemand? Waren alle auf Klo?«

Wenigstens zeigt Jona wieder einen heiteren Gesichtsausdruck, genau genommen, muss sie sogar ziemlich lachen, als wir nach einer gefühlten Ewigkeit endlich aufbrechen können. Nein, noch nicht ganz: Im letzten Moment sehe ich, wie Tante Maria an ihrem Hut herumnestelt und ihn sich offensichtlich abnehmen will, bevor sie mit uns das Haus verlässt.

»Nein, nicht«, sage ich und halte ihre Hand fest, »lass ihn doch auf, er steht dir so gut.«

Es ist eine denkwürdige Truppe, die sich da in Bewegung setzt. Wir alle haben so feierliche Gesichter aufgesetzt, als führten wir eine Prozession an. Vorneweg fährt Papa mit erstaunlicher Armkraft und Geschwindigkeit, dahinter stampft Mama mit wiegenden Hüften entschlossen vorwärts und Tante Maria trippelt so schnell mit, dass sie immer wieder ihren verrutschenden Hut zurechtrücken muss. Das Schlusslicht bilden Jona und ich, Hand in Hand.

An Robins Haustür versammeln sich alle schweigend und ich schiebe mich nach vorn und klingle. Seine Mutter öffnet, sehr blass und sehr müde sieht sie aus. Meiner Familie schenkt sie keine Beachtung, aber mich sieht sie fast erleichtert an, für die anderen schweigend, aber mir sagt ihr Blick: Gut, dass du kommst, ich weiß nicht mehr weiter.

Sie führt mich ins Wohnzimmer, doch auf dem Weg dorthin bleibe ich vor Robins Zimmertür stehen und gucke sie fragend an. Sie nickt, klopft und ruft: »Robin, kommst du bitte mal? Wir müssen etwas besprechen.«

Robins Vater sitzt in einem Sessel am Fenster, ein Buch in der Hand, in dem er aber offensichtlich nicht liest. Er steht auf, als wir hereinkommen, und scheint nicht im Mindesten überrascht. Als wir alle versammelt sind, beginne ich zu reden, zuerst zögernd, dann immer schneller und leider wohl auch ziemlich konfus. Ich spreche von unserem Klassenwettbewerb und dass Robin doch bisher nie so lange keine Hausaufgaben gemacht habe, erzähle von Jona und der Schwester ihres Freundes, um dann auf die Apfelpyramide und die durcheinandergeratenen Bücher zu sprechen zu kommen. Die Worte sprudeln nur so aus mir heraus, als hätten sie sich schon viel zu lange in mir angestaut. Nachdem ich fertig bin und die ratlosen Gesichter von Robins Eltern sehe, sucht mein Blick die auf und ab wippende Feder draußen vor dem Fenster, und die tröstliche Gewissheit, dass meine ganze Familie noch da ist und mir hilft, auf ihre Weise, gibt mir neuen Mut und ich fasse es klipp und klar zusammen: »Robin geht es sehr, sehr schlecht. Er muss in eine Therapie.«

»Also, ich glaube nicht …«, beginnt Robins Vater entrüstet, aber die Mutter bringt ihn mit einer Handbewegung zum Schweigen und wendet sich an ihren Sohn: »Was sagst du dazu?«

Robin schluckt und nickt mühsam. »Karli hat recht. Ich brauche Hilfe.«

Und damit ist es entschieden.

Nachher gehe ich allen voran nach Hause, und zum ersten Mal seit Langem habe ich das Gefühl, den richtigen Weg einzuschlagen.

VERSTECKT IST NICHT WEG

Verbotene Dinge werden von Haustieren oft nicht gehorsam gelassen, sondern einfach nur heimlich getan, was eine beachtliche geistige Leistung darstellt. Hunde stehlen Futter erst, wenn ihr Mensch die Augen schließt oder ihnen den Rücken zudreht. Bei völliger Dunkelheit fallen sie meist ohne zu zögern über den Fressnapf her.

Nein, so nicht, so sieht es aus, als würde ich meinen nicht vorhandenen Busen abstützen. Also noch einmal: Hände nach vorn, Finger geöffnet, zur Brust ziehen, dabei wieder schließen und vor allem: lächeln, lächeln, lächeln! Okay, schon besser. Jetzt das nächste Wort, das ist eigentlich ganz einfach: beide Zeigefinger strecken und damit auf Brusthöhe herumwedeln wie ein Dirigent, das ist logisch. Die nächste Gebärde dann aber umso weniger: Die Finger ähnlich wie beim Stillefuchs in der Grundschule halten und die Hand einmal auf Kinnhöhe drehen – ernsthaft? Danach mit dem Daumen zweimal knapp unterm Hals kreisen. Und jetzt alles noch einmal von vorn, flüssiger und schneller. Ich übe es ein paarmal, aber irgendetwas scheint mit dem Spiegel nicht zu stimmen, der beharrlich nur wildes Herumgehampel zeigt.

»Karliiiiii«, schreit in diesem Moment jemand. »Karliiiiii, komm mal her!«

Ich seufze kurz, muss dann aber grinsen. Da ist mal wieder der übliche Schlachtruf, wenn Mama etwas gebaut hat. Manche Dinge ändern sich eben nie. Und das ist auch gut so.

»Ja, was ist denn?«, brülle ich zurück und gehe dabei so nahe an den Spiegel heran, dass er an einer kleinen Stelle beschlägt. Ist Ferdi schon wieder gewachsen?

»Komm doch mal!«

Ich spurte in die Küche und gucke mich verwirrt um. Da ist niemand, allerdings ist es auch leider nicht mehr so aufgeräumt wie in Mamas und Papas kurzer Phase der Angepasstheit. Jetzt herrscht wieder das gewohnte Chaos und ich bin froh, dass ich gerade keinen Hunger habe.

Wo sind die beiden denn nur? Auch das Wohnzimmer ist leer, bleiben nur das Bad und …

»Karli, schnell!«

… das Schlafzimmer. Ich stoße die Tür auf: Papa sitzt seltsam nach vorn gebeugt mit eng angegurteten Beinen auf einem völlig neuartigen Fortbewegungsmittel, das zwei zueinander gekippte, dicke Hinterräder und am Ende einer langen Stange ein drittes, viel kleineres Vorderrad hat.

»Ein Rennrollstuhl«, stelle ich fest und würde mich vor Verblüffung am liebsten erst einmal hinsetzen, was mangels Platz aber nicht geht. Also doch! Seit unserem Streit damals in der Küche hat Papa nie wieder von dem Rollstuhlrennen gesprochen. Aber bei seiner Unbeirrbarkeit und Mamas Starrsinn hätte ich mir denken können, dass die Familienträume nicht einfach aufgegeben werden, nur weil ein einziges pubertäres Mitglied daran herumnörgelt.

Also hierhin hat Mama ihre Werkstatt verlegt, in das kleine Schlafzimmer. Und hier hat Papa wohl auch heimlich trainiert. Als ich jetzt sehe, wie Mama bäuchlings auf der Matratze liegend an dem Rennrollstuhl hantiert, der eingepfercht zwischen Bett und Wand steht, schäme ich mich ein bisschen und bin gleichzeitig sehr froh, dass die beiden nicht auf mich gehört haben. Papa hat mich damals schließlich auch nicht fallen lassen, als ich unbedingt fliegen wollte. Nicht wörtlich genommen, meine ich.

Schnaufend richtet sich Mama auf und guckt mich trotzig an. »Ja, ein Rennrollstuhl! Was dagegen?«

Ich lächle sie so enthusiastisch an, wie ich nur kann. »Nein, überhaupt nicht! Kann ich irgendwie helfen?«

»Na also«, meint Mama und lässt sich wieder auf den Bauch fallen. »Guck mal, die Schraube da unter dem Sitz muss angezogen werden, die ist noch viel zu locker. Aber ich komme nicht darunter.«

Kein Wunder. Folgsam lege ich mich auf den Rücken und robbe vorsichtig unter den Sitz. Mama reicht mir den passenden Schraubendreher und eine Zange, mit der ich die Mutter fixieren kann.

»Für meine Beine ist es viel zu eng«, beschwert sich Papa derweil von oben.

»Ja, ich glaube, mein ursprüngliches Modell war für Fahrer gemacht, die gar keine haben«, erklärt Mama. »Ich gucke mir das nachher noch mal an.«

Unterm Sitz befindet sich eine ganze Anzahl an Schrauben, aber eine von ihnen sieht tatsächlich ziemlich locker aus. Ich werkle ein bisschen daran herum, drehe erst in die falsche Richtung, bemerke dann meinen Irrtum und drehe entgegengesetzt weiter. Schließlich sitzt die Schraube bombenfest und ich trete robbend den Rückweg an. »Ihr solltet wieder in die Küche umziehen und dort weiterbauen. Da ist einfach mehr Platz, hier geht das doch gar nicht.«

Mama und Papa schauen erst mich verblüfft und dann sich bedeutungsvoll an. Schließlich nickt Mama. »Da hast du absolut recht.«

»Wann ist denn eigentlich dieses Rennen?«

»In drei Monaten, das ist nicht mehr allzu lang«, antwortet Papa, während er sich abschnallt und aufs Bett neben Mama hievt.

»Dann hast du ja noch ein bisschen Zeit zu trainieren.« Ein merkwürdiges Kribbeln macht sich in meinem Bauch breit, das ich vor allem aus Kleinkindertagen kurz vor Weihnachten kenne. Ich glaube tatsächlich, ich beginne mich auf dieses Rennen zu freuen. Das ist mal was anderes als ein Ordnungswettbewerb, der mir, wenn ich ehrlich bin, doch ziemlich auf die Nerven gegangen ist.

»Ich bin schon ganz gut dabei«, antwortet Papa und spannt demonstrativ seinen rechten Bizeps an.

Der ist immerhin von Erbsen- auf Tischtennisballgröße angewachsen, wie ich sehe.

»Wie geht es eigentlich Robin?«, möchte Papa jetzt wissen.

»Ganz gut, glaube ich. Zumindest scheint es ihm in der Klinik zu gefallen. Die ersten Wochen will er sogar ganz dableiben und gar nicht nach Hause kommen.«

»Na, das ist doch schon was.« Mama seufzt.

»Jona kommt mich nachher abholen, dann wollen wir ihn besuchen.« Ein lautes Poltern unterbricht mich. »Was ist denn da los?«

»Ich glaube, Maria holt Klette wieder aus dem Keller.« Mama kichert. »Sie hat sich wohl um sein Seelenheil gesorgt.«

Ich gehe in den Flur. Tatsächlich, an der Haustür ist Tante Marias gebeugtes Hinterteil zu sehen, sie zieht und zerrt an etwas. Ich springe hinzu und gemeinsam wuchten wir Klette hinein. Dankbar strahlt Tante Maria mich an. »Da im Keller, das ist doch kein Leben für einen Rollstuhl. Außerdem habe ich ihn irgendwie vermisst.«

Das habe ich tatsächlich auch. Ich drücke Tante Maria einen Schmatzer auf die Wange und gehe in die Küche in der hehren Absicht, aus der totalen Verwüstung ein normales Durcheinander zu machen, damit Mama und Papa dort wieder mehr Platz haben. Also kratze ich angetrocknete Lebensmittel von der Arbeitsplatte, räume schmutzige Teller in die Spülmaschine und stelle alles noch halbwegs Essbare in den Kühlschrank. Gerade will ich zum krönenden Abschluss den Tisch, der garantiert seit Jahren keinen

Lappen mehr gesehen hat, abwischen, als es klingelt. »Das ist bestimmt Jona, machst du bitte mal auf«, rufe ich Tante Maria zu und gucke kurz in den Flur. Ja, da steht Jona mit einem dicken Blumenstrauß, der sicherlich für Robin gedacht ist. »Warte einen ganz kleinen Moment, ich bin gleich fertig«, will ich sagen, wedle mit dem Lappen herum, damit sie weiß, was ich meine, und flitze wieder in die Küche.

»Ach, meine liebe Jona!«, höre ich Tante Maria im Flur mit überschwänglicher Begeisterung rufen. »Wie schön, dass du da bist! Darf ich dir Klette vorstellen? Du kannst ihn auch gern einmal ausprobieren, wenn du magst!«

Mir bleibt auch nichts erspart. Ich überlege kurz, ob ich dazwischengehen soll, aber bald zeigen mir vertrautes Surren und lautes Jauchzen aus dem Flur an, dass Jona offensichtlich mächtig Spaß an ihren Fahrstunden hat. Also wienere ich weiter auf dem Tisch herum, immer auf derselben Stelle, wie ich erst bemerke, als sich schon ein heller Fleck auf der Platte abzeichnet. Das ist wohl die Aufregung, denn tatsächlich ist mir ziemlich mulmig zumute bei dem Gedanken an meinen ersten Besuch bei Robin. Wie es ihm wohl geht? Und wie sieht es da überhaupt aus? Wie in einem ganz normalen Krankenhaus? Und die anderen dort? Irrwitzige Bilder von gepolsterten Wänden und sabbernden Typen mit dicken Helmen und in Zwangsjacken schießen mir durch den Kopf.

Da erscheint Jona im Türrahmen und lächelt mich an. Ich atme ein wenig auf. Tante Maria hat schon recht: Wie schön, dass sie da ist.

ICH ALS TICKET

Kommunikation besteht aus viel mehr als nur aus Worten und Lauten. Gestik, Mimik, Farben und Gerüche übermitteln ebenfalls wichtige Informationen. Schimpansen tauschen sich unter anderem mittels Pantomime aus und Nashörner »sprechen« mit ihrem Kot: Dessen Geruch gibt Auskunft über Geschlecht und Paarungswilligkeit und hilft ihnen, Freund von Feind zu unterscheiden.

Stumm sind wir alle damit beschäftigt, uns irgendetwas anzuschauen: Robin mit gesenktem Kopf den Blumenstrauß in seiner Hand, Jona das Geschehen draußen vor dem Fenster, ich mir das Besuchszimmer.

Offensichtlich hat sich die Klinik alle Mühe gegeben zu vertuschen, dass sie eine ist, und tut einfach so, als sei sie ein ganz normales Zuhause: In großen Regalen stapeln sich bunt durcheinander Bücher, Spiele und anderer Krimskrams, helle Gardinen hängen an den Fenstern und gemütliche Sessel stehen an einem kleinen Tisch. Erleichtert lasse ich mich gern auf diese Illusion ein und beschließe, es ganz gemütlich zu finden.

Schweigen kann friedlich und entspannend sein, muss aber nicht. Dieses hier zwischen uns bläht sich nach einer

Weile ungeduldig drängend auf und ich habe das Gefühl, es durchbrechen zu müssen. Ich weiß aber nicht wie. Was sagt man zu seinem besten Freund, der ein Psycho ist? Schönes Wetter heute? Alles klar? Was geht ab?

Und wenn es ihm hier schlechter geht als draußen? Dann habe ich das verbockt, schließlich habe ich ihn hier reingebracht. Bin ich sowieso vielleicht irgendwie schuld, habe ich es mit dem blöden Wettbewerb übertrieben oder hätte ich alles viel früher bemerken müssen? Nur dadurch, dass Jona mir beruhigend eine Hand aufs Knie legt, fällt mir auf, dass ich nervös mit einem Bein auf und ab wippe.

Schließlich ist es Robin selbst, der uns aus der Schweige-Patsche hilft. »Danke«, stößt er so abrupt hervor, als sei ihm gerade erst eingefallen, was man sagen muss, wenn man etwas geschenkt bekommt. Er geht zu einem der Regale, sucht umständlich in verschiedenen Fächern und holt schließlich eine kleine Glasvase hervor. »Bin gleich wieder da«, ruft er, läuft hinaus und kehrt kurz darauf mit der bis obenhin mit Wasser gefüllten Vase zurück. Das Brenzlige der Situation fällt auch Jona sofort auf, denn wir beide springen gleichzeitig entsetzt auf, um Robin zurückzuhalten, doch es ist zu spät: Schon stellt er den Blumenstrauß mitten hinein und die Katastrophe nimmt ihren Lauf in Form von Wasser, das sich über den Tisch ergießt und sich schnell in einer großen Lache zur Kante vorarbeitet.

Robin erbleicht und klammert sich am Tisch fest. Ich reiße mir meinen Pulli vom Leib und tupfe damit hektisch auf der Platte herum, wodurch es mir Gott sei Dank gelingt, das Wasser aufzuhalten. Einen Moment stehe ich ratlos mit dem völlig durchnässten Pulli in der Hand da, aber dann werfe ich ihn mir einfach über Schultern und Rücken, wo er laut aufklatscht und sofort festklebt. »Super, mir war sowieso viel zu warm«, meine ich bemüht fröhlich und versuche, die in meine Jeans laufenden Bäche zu ignorieren.

Langsam setzen sich Robin und Jona wieder. Verzweifelt betrachte ich meinen Freund von der Seite: Es hat sich überhaupt nichts geändert, oder ist es sogar noch schlimmer geworden? Er ist doch schon über zwei Wochen hier, wie lange dauert es denn, bis man von der Therapie etwas merkt, bis es ihm wieder besser geht? Ein Gefühl heftigster Zuneigung schwappt mit einem Mal in mir hoch und überflutet mich und am liebsten würde ich sie wie aus einem Kübel über Robin ausschütten, damit auch er sie spürt: Unsere Freundschaft ist doch so alt und so echt und seine Qual ist auch meine und ich möchte ihm so gern sagen, wie wichtig er für mich ist und wie sehr ich ihn mag.

In diesem Moment fängt mein Freund meinen Blick auf und lächelt mich an, immerhin.

Jetzt erzähl doch mal, wie gehts dir denn?

Jona übernimmt die Kommunikation und ich atme auf.

Robin überlegt einen Augenblick. »Eigentlich weiß ich das gar nicht.«

Okay, das ist doch ein Anfang. »Ich weiß es nicht« bedeutet zumindest nicht »richtig scheiße«.

Was machen sie hier mit dir?

»Vor allem viel reden«, antwortet Robin und scheint etwas aufzutauen. Sein Gesicht erhellt sich und er antwortet mit einem gewissen Eifer. »Am Anfang hat eine Ärztin immer nur mit mir allein gesprochen, aber inzwischen sitzen wir in einer großen Gruppe zusammen.«

Da geht die Tür auf und ein Mädchen mit hoch aufgetürmten Haaren kommt herein. Sie lächelt uns scheu an, greift sich wahllos ein Spiel aus dem Regal und verschwindet wieder.

»Das ist Julia«, flüstert Robin. »Sie soll nicht immer nur rumhängen, sondern etwas tun, sagen die Ärzte. Deswegen legt sie jetzt immer ein Spiel neben ihr Bett, wenn sie rumhängt.« Er kichert. »Übrigens«, mit diesen Worten wendet er sich an Jona, »darf ich hier leider kein Handy benutzen.« Entschuldigend zuckt er mit den Achseln, aber Jona winkt lächelnd ab.

Kein Problem. Was wollen die denn von dir wissen?

»Ach, lauter komische Sachen, zum Beispiel, welches Tier ich gern wäre und welche Tiere Mama, Papa und Nele sein könnten«, erklärt Robin grinsend.

Tiere? Das soll helfen? Ist das eine neue Methode? »Äh, und sonst noch?«

»Na ja«, erwidert Robin jetzt fast fröhlich, »wir führen Gedankentagebücher und stellen Pläne auf, über unseren Tagesablauf zum Beispiel. Aber ich bin eine ziemlich harte Nuss«, fügt er hinzu und verschränkt zufrieden die Arme vor der Brust.

Wie meinst du das?

»Gestern sollte ich einen ganz normalen Tag aufschreiben, an ein Whiteboard an der Wand. Aber obwohl es ziemlich groß war, hatte ich trotzdem nicht genügend Platz.«

»Warum? Hast du immer so viel zu tun?«

»Nein, aber ich habe darauf bestanden, nicht nur meine Arbeits- und Ruhestunden einzutragen, wie ich es sollte, sondern auch, wann ich auf die Toilette gehe, wann ich etwas trinke oder mir die Zähne putze«, erklärt Robin lachend.

Wie oft putzt du dir denn die Zähne?

Robin schaut Jona überrascht an. »Jedes Mal nach dem Trinken oder Essen. Und zwischendurch manchmal auch, natürlich.«

Natürlich.

»Dann geht es dir doch eigentlich gar nicht so schlecht, könnte man sagen?« Hilf mir, Robin!

»Hm.« Robin guckt an die Zimmerdecke, als würde er dort die Antwort auf meine Frage finden. »Ja, ich glaube schon. Weißt du, es ist so … anders hier. Es ist nicht nur, dass ich nicht mehr zu Hause bin oder neue Leute treffe, sondern … manchmal habe ich das Gefühl, eine Tür zu öffnen und einem anderen Robin beim Leben zuzugucken, verstehst du?«

Das tue ich nicht wirklich, nicke aber trotzdem.

»Und das ist vielleicht gar nicht so schlecht«, meint mein Freund leise. »Denn dieser andere Robin ist schon eine verdammt komische Type.«

Als wir uns einige Zeit später verabschieden, bleiben Robin und ich einen Moment unschlüssig voreinander stehen. »Also dann, man sieht sich«, sage ich schließlich und wende mich zum Gehen.

Da hält mich mein Freund noch einmal am Arm fest. »Karli, mach dir keine Gedanken, hörst du? Es wird dauern, das alles geht nicht so schnell, aber es ist okay so.« Zum ersten Mal heute schaut er mir offen in die Augen. »Danke, für alles. Du bist ein richtig guter Freund. Der beste.«

Ich hüpfe mehr durchs Treppenhaus als dass ich gehe, so erleichtert bin ich. Robin gehts hier gut, er bekommt hier Hilfe, das weiß ich jetzt. Unten auf der Straße drehen Jona und ich uns noch einmal um und winken Robin zum Abschied zu, der oben am Fenster steht und uns hinterherblickt. Als Jona sich dann umwendet und tief in Gedanken versunken losmarschiert, sprinte ich hinterher. Denn ich bin genau in der richtigen Stimmung, eine Art Feierlaune hat mich gepackt. Jetzt ist der richtige Moment.

Ich stelle mich vor Jona hin, die mich fragend anschaut. Dann beginne ich mit meinen Gebärden, die ich immer wieder zu Hause vor dem Spiegel geübt habe: Zunächst die Hände nach vorn zur Brust ziehen und dabei wieder schließen, das bedeutet: *Ich lade dich ein.* Gespannt beobachte ich Jona, die erstaunt die Augenbrauen hochzieht.

Okay, weiter. Mit den gestreckten Zeigefingern auf Brusthöhe herumwedeln für: *Konzert.*

Jona runzelt grübelnd die Stirn.

Was kam jetzt noch mal? Ach ja, der Stillefuchs mit gedrehter Hand für: *Gold.*

Jona kratzt sich ratlos am Kopf.

Leise Verzweiflung steigt in mir auf. Wenn sie es bis jetzt noch nicht kapiert hat, wie soll sie die nächste Gebärde verstehen? Denn in dem Online-Wörterverzeichnis habe ich keine Gebärde für »Teufel« gefunden, weswegen ich die für »böse« eingeübt habe. Ein wenig verlegen kreise ich also mit dem Daumen zweimal über meine Brust.

Jonas Mundwinkel beginnen verräterisch zu zucken. Oh nein, bitte nicht wieder einen Lachkrampf! Langsam habe ich das Gefühl, unsere gesamte Beziehung besteht aus lauter Peinlichkeiten meiner- und darauffolgenden Heiterkeitsausbrüchen ihrerseits. Dann versuche ich es eben mit Pantomime, das ist sowieso besser, das haben wir mal in einem Theaterkurs geübt.

Also von vorn: Ich zeige erst auf mich, dann auf Jona, forme ein großes Herz, reibe Zeigefinger und Daumen aneinander, während ich heftig den Kopf schüttle. Am besten achte ich gar nicht mehr auf Jonas Reaktion, sondern mache einfach weiter: Ausgelassen tanze ich zu imaginärer Rockmusik über die Straße, wobei ich, als ich an Jona vorbeihopse, wieder auf uns beide zeige und sicherheitshalber noch einmal ein Herz forme. Jetzt wirds schwieriger: Ich lasse meine Finger flirrend durch die Luft schweben und halte mir dann die Augen zu, als würde ich furchtbar geblendet. Dann forme ich mit meinen Fingern Teufelshörner auf dem Kopf und riskiere endlich einen Blick zu meiner Freundin, die mit hochrotem Kopf dasteht und die Lippen tapfer aufeinanderpresst. Um ganz sicher zu gehen, stelle ich mich zum Abschluss kerzengerade mit eng an den Körper gelegten Armen hin, um möglichst wie ein viereckiges Ticket auszusehen. Oh Mann, ich will Jona doch nur zum Konzert der »Golden Devils« einladen!

Als Jona mich so dastehen sieht, nimmt ihr Gesicht wieder eine normale Farbe an und ihre Züge werden ganz weich. Sie tritt auf mich zu, nickt, reckt ihren Daumen hoch und umarmt mich zärtlich.

Verlegen, aber glücklich beende ich mein Dasein als Eintrittskarte und schließe meine Arme nun auch fest um Jona. Über ihre Schulter hinweg sehe ich hoch zum Fenster der Klinik, an dem immer noch Robin steht und sich kopfschüttelnd an die Stirn tippt. Er hält mich wohl für total irre.

DAS RENNEN MACHEN

Für viele Tiere ist der Bart als Symbol ihrer Männlichkeit extrem wichtig. Überaus stolz darauf sind Ziegenböcke: Ihr Bart hilft ihnen, ganz besondere Duftstoffe zu verbreiten und so die Aufmerksamkeit der Weibchen zu erregen. Je größer der Ziegenbart, desto mehr Fläche steht für den Duftstoff zur Verfügung und desto penetranter riecht der Bock.

Die Menge tobt nicht gerade, aber immerhin guckt sie gespannt auf die Rennbahn. Und eigentlich ist es auch keine Menge, sondern eher ein nettes Grüppchen, das sich hier auf dem Sportplatz versammelt hat. Aber noch füllen sich einige Ränge, und vor den Bier-, Eis- und Würstchenständen stehen ziemlich viele Leute an, die sich bestimmt auch gleich unter die Zuschauenden mischen werden.

Die Teilnehmer rollen nervös auf den Bahnen hin und her. Papa sticht unter ihnen heraus wie ein Spindelwurm inmitten vollgefressener Maden: Er ist eindeutig der Schmächtigste von allen, worüber auch sein neues, knallrotes Muscle Shirt, das Mama ihm besorgt hat, nicht hinwegtäuschen kann. Die anderen Rollstuhlfahrer haben so aufgepumpt aussehende

Oberkörper, dass ich zu Testzwecken gern mal eine Nadel daranhalten würde, vor allem der Typ neben Papa in dem neongelben Shirt, neben dem selbst Arnold Schwarzenegger wie ein Hänfling aussähe. Außerdem hat der Neongelbe auch noch so etwas Aggressives, immerzu fährt er den anderen quer über den Weg, als wollte er sie daran hindern, sich richtig aufzuwärmen. Einer in Erbsengrün gestikuliert schon wütend, aber Papa bleibt immer höflich stehen und wartet. Ich habe da ein ganz schlechtes Gefühl.

Mama und Tante Maria allerdings nicht, im Gegenteil. Als seien sie einem amerikanischen Klischee-Sportlerfilm entsprungen, wedeln sie jubelnd mit Fähnchen herum, die farblich zu ihren kleinen Caps passen. Schon jetzt sind sie so aus dem Häuschen, als wäre Papa bereits über die Ziellinie gerast. Aber das muss er erst einmal schaffen – und dazu liegen 1.500 Meter vor ihm, fast vier ganze lange Runden!

Mir wird leicht übel und vor Aufregung kneife ich Jona neben mir. Sie kneift mich sofort zurück, ziemlich kräftig sogar, dann noch ein zweites Mal, und ich will mich gerade beschweren, als ich den Grund dafür verstehe: Noch jemand ist gekommen und arbeitet sich gerade zu uns vor.

Robin ist hier! Seit Wochen hat er sich nicht mehr öffentlich blicken lassen, hat jede Begegnung außerhalb der Klinik vermieden – und jetzt wagt er sich mitten in eine grölende Meute! Wilde Freude schwappt in mir hoch und ich fuchtle heftig herum, um auf uns aufmerksam zu machen, obwohl er uns bestimmt längst gesehen hat.

Mein bester Freund ist nicht allein, sondern in Begleitung seiner Familie. Wie Bodyguards flankieren ihn seine Mutter und sein Vater, nur die kleine Nele hüpft voraus. Jetzt hat auch sie mich entdeckt und winkt mir lachend zu.

Schließlich steht Robin genau vor mir. »Alter«, bringe ich nur erleichtert heraus und halte die Hand zum Abklatschen hoch.

Robin schlägt ein und grinst. »Als mir meine Eltern erzählt haben, was dein Vater heute vorhat, musste ich unbedingt kommen. Das ist so toll!«

»Ja«, sage ich lahm. In dem Moment dreht sich Mama zu uns um. »Robin, wie schön, dich zu sehen«, kreischt sie begeistert. »Hallo zusammen«, schiebt sie mit Blick auf Robins Eltern nicht mehr ganz so enthusiastisch hinterher. Aber schnell fasst sie sich wieder. »Wisst ihr was? Das muss gefeiert werden! Ich hole jetzt eine Riesenportion Eis – für alle!« Und bevor noch irgendjemand protestieren kann, drückt sie ihr Fähnchen Tante Maria in die Hand und klettert nach unten zum Eiswagen. Kurz darauf kehrt sie mit einem ganzen Arm voller Waffeln mit jeweils drei Kugeln zurück, die sie fröhlich vor sich hin summend verteilt, auch an Robins Eltern, die ihr Eis verkrampft lächelnd mit spitzen Fingern entgegennehmen.

»Es geht los!«, ruft da Tanta Maria.

Tatsächlich: Die Teilnehmer nehmen ihre Startplätze ein und beugen sich erwartungsvoll nach vorn. Papas Anspannung überträgt sich bis nach hier oben, ich schlecke immer hektischer, während wir auf den Startschuss warten. Da kommt er und den Bruchteil einer Sekunde später geht alles bereits in lautstarken Anfeuerungsrufen unter.

Papa hat einen guten Start hingelegt, einen sehr guten sogar. Er fährt auf der Innenbahn, aber es gelingt ihm sofort, den Vorsprung von Neongelb, der ganz außen fährt, wettzumachen. Jetzt lösen sich die Teilnehmer von den ursprünglichen Bahnen und streben immer weiter nach innen, wodurch sich eine erste Reihenfolge bildet. Und Papa – setzt sich an die Spitze! Einen Moment wird es ganz still im Publikum, aber dann bricht lauter Jubel los! Der Schwächste zieht allen davon, das mögen die Leute, und Papa wird spontan zum Publikumsliebling – ein neuer Eddie the Eagle ist geboren!

Inzwischen machen wir alle, Robin mit seiner Familie, Jona und ich, bei Mamas und Tante Marias Hopsen mit, und die schmelzenden Eiskugeln in meiner Waffel beginnen gefährlich zu rutschen. Egal, ich habe nur noch Augen für Papa, der schon fast eine ganze Runde geschafft und sich gegen alle anderen behauptet hat! Nein, doch nicht, da greift Erbsengrün von hinten an, rast in atemberaubender Geschwindigkeit an Papas linke Seite. Papa wendet kurz den Kopf und haut dann noch stärker in die Greifreifen. Sofort prescht er nach vorn wie ein Porsche 911 – Mamas Rennrollstuhl scheint gar nicht so schlecht konstruiert zu sein, das muss man ihr lassen. Wenn ich nicht das Eis halten müsste, würde ich meine Hände zum Gebet falten und darum flehen, dass das auch so bleiben und er das Ende des Rennens erleben möge. Bisher sieht es gut aus! Und die Menge tobt nun tatsächlich und skandiert: »Vorwärts! Vorwärts!« Alle jubeln ihm zu – meinem Vater!

Stolz und wilde Freude erfassen mich, als würde der Jubel der ganzen Welt mir und meiner Familie gelten, die nun endlich genau richtig ist, wie sie ist, oder vielleicht war sie das auch schon immer und ich habe das nur nicht gemerkt oder ich weiß auch nicht. Aber vielleicht ist das ja auch alles egal, vielleicht ist nur das gute und warme Gefühl wichtig, das du für dich und die Menschen in deiner Nähe hast, und ich habe jetzt gerade ziemlich viel davon. Bestimmt kommen auch wieder andere Zeiten, nie ist alles für immer gut, aber in genau diesem einen Augenblick schon, und nur der zählt jetzt.

In diesem Moment flitzt Neongelb von rechts heran. Anders als der Erbsengrüne versucht er nicht nur zu überholen, sondern Papa auch noch zu behindern, immer wieder schert er kurz nach links auf Papas Position aus. Ärgerliche Pfiffe und Buhrufe sind die Antwort des Publikums, und auch ich brülle Sachen, für die ich normalerweise zur Schulleiterin geschleift werden würde. Drei Runden sind um, Papa ist so kurz vor dem Ziel und da … Ich lasse meine Arme sinken, zeitgleich mit Mama und Tante Maria, die es ebenfalls bemerkt haben: Papas Sitz scheint nicht mehr ganz fest zu sein, er wackelt ein bisschen, sodass Papa sogar leicht ins Schlingern gerät … Fieberhaft gehe ich noch einmal alle meine Handgriffe durch, die ich gemacht habe, als ich unter dem Rollstuhl lag und die Schraube festzog.

War es überhaupt die richtige gewesen?

Inzwischen hat auch der Rest des Publikums bemerkt, was los ist, aber das scheint dessen Sympathie für Papa nur zu bestärken. So laut feuert es ihn jetzt an, dass meine Ohren dröhnen. »Weiter! Weiter!«, brülle auch ich wieder mit.

Das Schlingern nimmt zu, Papa versucht verzweifelt, Kurs zu halten. Aber die Extrastrecken, die er so zurücklegen muss, fordern ihren Preis in Neongelb und Erbsengrün: Beide Konkurrenten ziehen unter dem Gebrüll der Menge an ihm vorbei und rasen auf die Ziellinie zu, die knapp vor ihnen liegt.

»Bitte, halte, bitte, halte!«, flehe ich und fixiere den Rollstuhl mit meinen Blicken, als könnte er mich hören. Jetzt bloß nicht so kurz vor dem Ziel zusammenbrechen!

Neongelb ist schon über die Linie, aber das interessiert niemanden, denn alle Augen sind auf Papa gerichtet, auch als Erbsengrün gleich darauf ins Ziel einfährt.

Der Sitz wackelt gefährlich. Papa schlingert immer stärker, greift aber tapfer an die Hinterräder und fährt weiter. Noch ein letztes Mal gibt er alles, nimmt noch einmal richtig Fahrt auf, und unter frenetischem Jubel sogar der Bier- und Würstchenstandbesitzer schleppt er sich mit letzter Kraft über die Ziellinie. Höchstens einen halben Meter kommt er weit, bevor der Rollstuhl endgültig unter ihm zusammenbricht. Aber das macht nichts, Papa reißt in nun völliger Schieflage die Arme hoch und wird gefeiert wie Amanda Gorman bei der Vereidigung des amerikanischen Präsidenten.

Wir alle können nicht mehr an uns halten und auch ich vollführe mit Jona ein ausgelassenes Siegestänzchen. Leider wird dadurch meine letzte, schon ziemlich matschige Eiskugel in hohem Bogen aus der Waffel geschleudert – und fliegt zielstrebig genau auf Robin zu! Es geht zu schnell, ich kann sie nicht mehr abfangen, und so trifft Schokoladeneis auf ein T-Shirt, auf ein WEISSES T-Shirt, auf ROBINS WEISSES T-Shirt.

Gefühlt hält die ganze Welt den Atem an, auf dem gesamten Sportplatz breitet sich Totenstille aus, alle beobachten Robin mit weit aufgerissenen Augen. Der guckt langsam an sich herunter, sagt erst nichts und hebt dann langsam den Blick. »Ups«, meint er. Und lacht.

Ich könnte auf die Knie sinken vor Glück. Aber stattdessen tue ich das, was schon längst überfällig war: Ich umarme meinen Freund, ganz fest. Bei unserer Berührung gibt das pampige Eis zwischen uns ein schmatzendes Geräusch von sich, und das katapultiert uns zurück in unsere Kleinkindertage, in denen wir uns nackt und fröhlich mit geschlagener Sahne eingeschmiert haben. Als wir uns voneinander lösen, haben wir beide zwei riesige braune Flecken auf unseren Shirts, und wir müssen beide lauthals darüber lachen und über alles andere auch.

Erleichtert nimmt die Welt wieder ihren normalen Gang und ich stürze hinunter zu Papa, um ihn noch vor Mama und Tante Maria zu erreichen. Überwältigt lasse ich mich sinken und nehme auch ihn stürmisch in die Arme. »Du hast es geschafft, Papa!«, flüstere ich mit bebender Stimme in sein Ohr. »Du kannst fliegen!«

Heute ist es endlich so weit, heute geben die »Golden Devils« ihr Konzert! Schon seit über einer Stunde stehe ich vor dem Spiegel, um mich dem feierlichen Anlass gemäß aufzubrezeln. So langsam muss ich mal fertig werden, gleich kommt Jona, um mich abzuholen.

Ich trage ein wenig Eau de Toilette auf und stutze. Noch einmal streiche ich mir prüfend übers Kinn, gehe ganz nah an den Spiegel heran. Kein Zweifel, jetzt kann ich es genau sehen: Ferdi ist nicht mehr allein.

Bevor **Jutta Nymphius** sich ganz dem Schreiben widmete, studierte sie in Köln und Florenz italienische, deutsche und spanische Literatur und arbeitete viele Jahre als Lektorin für Kinder- und Jugendbücher. Spannend und mit feinem Humor erzählt sie nun ihre im Grunde von ernsten Themen handelnden Geschichten. Sie setzt sich in besonderem Maße für die Leseförderung ein und ist Mitbegründerin der »Elbautor*innen«.

Irmela Schautz, geboren 1973 in Ravensburg, ist Illustratorin und Spezialistin für das besondere Buch. Sie studierte Malerei, Grafik sowie Bühnen- und Kostümbild und arbeitet seit 2005 als freie Illustratorin. Ihre vielfältige Arbeit wurde mit nationalen und internationalen Preisen geehrt. Seit 2012 lehrt sie an der Akademie für Illustration und Design in Berlin.

Besucht uns auf Facebook und Instagram!

TULIPAN-Newsletter
Tolle Lesetipps kostenlos per E-Mail!
www.tulipan-verlag.de

© Tulipan Verlag GmbH, München 2022
Alle Rechte vorbehalten
1. Auflage 2022
Text: Jutta Nymphius
Umschlagillustration: Irmela Schautz
Layout und Satz: Tulipan Verlag, Stephanie Raubach
Druck: GGP Media GmbH, Pößneck
ISBN 978-3-86429-548-5

FSC www.fsc.org MIX Papier | Fördert gute Waldnutzung FSC® C014496